# 我的第二緬甸語課

ကျွန် တော် တို့ ရဲ့ မြန် မာ စာ ဖတ် စာ

葉碧珠　著

ဒေါ်ရီရီလွင်

# 從零開始，帶您學會緬甸文，並了解緬甸文化！

在臺灣定居已經邁入第25年。這段期間，我持續做著中緬翻譯的工作，而我的緬甸語教學經驗，則是在10年前一個偶然的機緣下開始的。

當時，我在一次聚會上認識了想去緬甸傳教的朋友陳兆銘先生，問我可不可以教他緬甸語，我當下非常高興，沒想到竟然在臺灣也有人想要學緬甸語，但同時也很緊張，因為當時的自己只有當過翻譯，沒有教緬甸語的經驗。然而，憑藉著對自身緬甸文化的熱愛，再加上想要幫助他的心情，我勇敢地接受了這項挑戰，並從此開啟了我的緬甸語教學生涯。

不過一開始卻沒有我想像的容易，為了能勝任這項挑戰，我到很多書局找了緬甸語教學用書，無奈找遍了全臺北的書局也找不到，於是請家人從緬甸寄來小時候用的緬甸語教科書，開始自編教材。就這樣，我一邊編寫教材，一邊累積教學經驗，並從和學生的互動和討論中，不斷改良教材內容，因此在這邊，我也想特別感謝師大學生洪郁婷，因為有她當時給我的許多建議，才有出版這本優良緬甸語教材的機會，同時也感謝她向我介紹教印尼語的王麗蘭老師，才讓我又認識了本書的出版社──瑞蘭國際出版。

後來，我透過當時在暨南大學東南亞學系攻讀碩士的彭霓霓老師（現任該系所的緬甸語老師）介紹，教導一位在緬甸設廠的企業主管李炎榜先生學習緬甸語，同時也為該公司設計出適合員工學習的緬甸語教材及有聲書。李先生在編輯教材上可以說是我最大的推手，他不但提供我英美國家及中國大陸的緬甸語教材作參考，也給了我很多的建議。感謝當時有他肯定我的教材豐富又紮實，並鼓勵我在臺灣出書，我才開始對出版自己的緬甸語教材有了初步的想法。

在此，我想謝謝瑞蘭國際出版的整個團隊給我很多的力量及信心，尤其是編輯元婷她讓我非常感動，這麼瘦小的身軀接下了龐大又困難的緬甸語書籍編輯任務，她雖然看不懂緬甸文，但細心到看得出來我漏了什麼符號、少了什麼字，對一個不懂緬甸文的人來說，能做到這樣實在太了不起了。沒有她不會完成這本書，沒有瑞蘭國際出版也不會有出版這本書的一天。

　　這本書是我累積多年的教學經驗，一修再修而完成的，雖然不敢說是很完美，但對於有心從事緬甸語教學的老師們及緬甸語學習者，我絕對有信心這本書能為大家帶來幫助。這本書的內容除了發音、單字、生活會話、綜合測驗之外，還有文化介紹，對想認識緬甸文化的人來說，也是一本不可或缺的書。

　　最後，謝謝能讓這本書完成的所有人，更要感謝的是在緬甸語專業上協助我的緬甸籍老師Daw Ni Ni Aung，以及我的好朋友楊美華，很謝謝你們包容我在寫書的過程中不斷的地打擾你們。

葉碧珠 2019.11.27 臺北

　　《我的第二堂緬甸語課》為《我的第一堂緬甸語課》之銜接教材，第一～三課介紹短促母音，第四～九課介紹鼻音化母音，最後的第十課則介紹緬甸文的標點符號及其他特殊用法。本書的課程規劃以母音為基礎，先帶大家做拼音練習，再搭配好玩、好學的課堂活動，不僅適合自學，也適合老師在課堂上使用，快一起來看看吧！

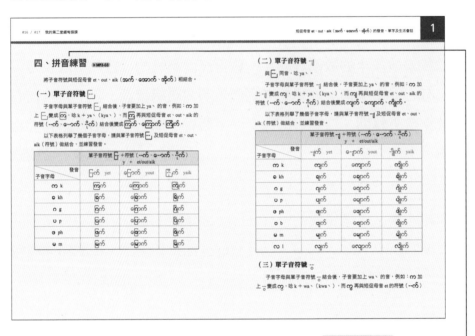

## 拼音練習

挑戰全書發音表格化！將字母、音調、符號三合一，清楚、好認又好對照。現在就掃書封QR Code，搭配音檔一起練習更有效！（小提醒：本書用「--」代表符號中要填入字母的位置。）

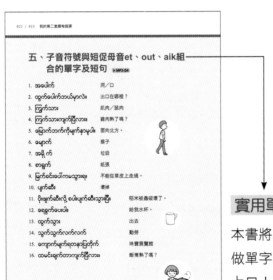

## 實用單字

本書將單字和發音做搭配，只選該課學到的拼音做單字舉例，讓您活用拼音的同時，單字就朗朗上口！還有趣味十足的緬甸語繞口令，快邀同學一起挑戰！

## 六、綜合測驗 ▶MP3-05

請把聽到的圈起來，並寫出中文意思。

1. _____ ｜ သောက်ရည် ｜ သောက်ရေ
2. _____ ｜ အောက်သည် ｜ အောက်တယ်
3. _____ ｜ ညာဘက် ｜ ဘယ်ဘက်
4. _____ ｜ ညာဘက် ｜ ဘယ်ဘက်
5. _____ ｜ မျှောက် ｜ မျောက်
6. _____ ｜ ထွက်ပေါက် ｜ ထွက်သွား
7. _____ ｜ ကြက်သား ｜ ကြက်သား
8. _____ ｜ ၄ှက်သိုက် ｜ ၄ှက်သိုတ်

---

### 綜合測驗

本書特別設計音檔互動式測驗題，針對易混淆的發音幫耳朵加強訓練，課後馬上練，印象最深刻！

---

## 七、生活會話 ▶MP3-06

**◆哪一天到的呢？（過去式）**

A: ဘယ်နေ့ တုန်းက ရောက်ခဲ့သလဲ။ 哪一天到的呢？

B: မနေ့ (တုန်း) က ရောက်ခဲ့တယ်။ 昨天到的。

A: ဘယ်နေ့ ကရောက်ခဲ့သလဲ။ 哪天到的呢？

B: ၁၀ရက်နေ့ ကရောက်ခဲ့တယ်။ 10 號到的。

A: ဘယ်တုန်းကရောက်ခဲ့သလဲ။ 什麼時候到的？

B: ဒီနေ့ မနက်ကရောက်ခဲ့တယ်။ 今天早上到的。

**◆哪一天要來？（未來式）**

A: ဘယ်နေ့ လာမလဲ။ 哪一天要來？

B: မနက်ဖြန်လာခဲ့ မယ်။ 明天會來。

A: ဘယ်တော့ လာမလဲ။ 什麼時候要來？

B: သန်ဘက်ခါလာခဲ့ မယ်။ 後天會來。

「ဘယ်...လဲ」是一種疑問句，在問時間（when）、地點（where）、哪一種（which）、如何（how）及問人物（who、whom）時使用。詢問過去的時間時，「ဘယ်」後面需要加過去式的時間狀語助詞，如：「တုန်းက」（天、時段）、「နေ့က」（天）、「နေ့တုန်းက」（天），在時間狀語助詞後面加上動詞，如：「သွား」（去）、「လာ」（來）、「ရောက်」（到）等，並在問句最後用「သလဲ」結尾，代表過去式，詢問未來的時間時，「ဘယ်」後面

---

### 生活會話

如何用緬甸語表達時態、比較級呢？想用緬甸語點餐、問路、寒暄？從實用短句到實境對話，再搭配簡單的文法説明，每課累積一點，快速融入緬式生活！

---

## 文化常識　緬甸的天然保養品

「သနပ်ခါး」是在緬甸不分男女老少，都會塗在臉上的一種天然的保養品，也可拿來當防曬用品，偶爾也會在兒童的臉上看到有創意的「သနပ်ခါး」作品，例如塗抹成葉子的形狀。

「သနပ်ခါး」是黃香楝木的緬甸文，通常拿黃香楝木的樹皮，在平而粗糙的石板上加水後磨擦，直到有淡黃色的糊狀東西出現後，再將之塗抹在身上。

「သနပ်ခါး」有一種淡淡的香味。在緬甸，公立小學影會規定同學們要塗「သနပ်ခါး」上學，若沒塗「သနပ်ခါး」的同學還會被取笑為懶惰的人，因為磨製和塗抹的過程也需要花費不少力氣和時間呢！

不過，隨著製作方法不斷改進，「သနပ်ခါး」從以前只能用手工磨製，到現在也已開發出半成品，在市面上販售。這種「သနပ်ခါး」半成品，只要加入一點點水，稍微抹一下即可使用，非常方便！還有各式各樣的花香味可供消費者選擇，如茉莉花香、玫瑰香等，從很小的傳統商店到很大的超市都買得到，價錢也很親民。如果有機會去到緬甸的觀光客，「သနပ်ခါး」是一定要體驗一下的商品喔！

---

### 文化常識

學語言也要學文化！想認識緬甸人的傳統服飾？緬甸有那些重大節日？還有緬甸人愛不釋手的天然保養品？更多有趣的緬甸文化等您來發掘！

## 子音字母總表

| | 清音<br>（不送氣） | 清音<br>（送氣） | 濁音<br>（重音） | 濁音<br>（震動） | 鼻音 |
|---|---|---|---|---|---|
| 舌根音 | 1　က ka | 2　ခ kha | 3　ဂ ga | 4　ဃ ga | 5　င nga |
| 舌尖齒音 | 6　စ sa | 7　ဆ sa | 8　ဇ za | 9　ဈ za | 10　ဉ nya |
| 舌尖齒齦音 | 11　တ ta | 12　ထ tha | 13　ဒ da | 14　ဓ da | 15　န na |
| | 16　ဋ ta | 17　ဌ tha | 18　ဍ da | 19　ဎ da | 20　ဏ na |
| 雙唇音 | 21　ပ pa | 22　ဖ pha | 23　ဗ ba | 24　ဘ ba | 25　မ ma |
| 其他 | 26　ယ ya | 27　ရ ya | 28　လ la | 29　ဝ wa | 30　ဿ tta |
| | | 31　ဟ ha | 32　ဠ la | 33　အ a | |

# 子音符號總表（含拼音練習）

| | 編號 | 符號 | 拼音練習（常見的結合子音） | | | | | |
|---|---|---|---|---|---|---|---|---|
| 單子音符號 | （一） | ya | kya | cha | pya | phya | bya | |
| | （二） | ya | kya | cha | jya | pya | phya | bya |
| | （三） | wa | kwa | khwa | gwa | swa | twa | pwa |
| | （四） | ha | ngha | nha | mha | lha | sha | |
| 雙子音符號 | （五） | ywa | kywa | khywa | | | | |
| | （六） | ywa | kywa | mywa | | | | |
| | （七） | yha | myha | lhya | | | | |
| | （八） | wha | lhwa | mhwa | nhwa | | | |
| | （九） | yha | nyha | myha | | | | |
| 三子音符號 | （十） | ywha | mhywa | | | | | |
| | （十一） | ywha | mhywa | | | | | |

## 母音符號總表

| | 基本母音 | | | 短促母音 | 鼻音化母音 | | |
|---|---|---|---|---|---|---|---|
| | 四聲 | 三聲 | 長音 | 沒有聲調 | 四聲 | 三聲 | 長音 |
| 發音 | ar丶 | arˇ | ar: | at | an丶 | anˇ | an: |
| 符號 1 | --ာ့ | --ာ | --ား | --တ် | --န့် | --န် | --န်း |
| 符號 2 | --ါ့ | --ါ | --ါး | --ပ် | --မ့် | --မ် | --မ်း |
| 符號 3 | | | | | --ံ့ | --ံ | |
| 發音 | i丶 | iˇ | i: | eik | ein丶 | einˇ | ein: |
| 符號 1 | --ိ | --ီ | --ီး | --ိတ် | --ိန့် | --ိန် | --ိန်း |
| 符號 2 | --ည့် | --ည် | --ည်း | --ိပ် | --ိမ့် | --ိမ် | --ိမ်း |
| 發音 | u丶 | uˇ | u: | oke | oung丶 | oungˇ | oung: |
| 符號 1 | --ု | --ူ | --ူး | --ုတ် | --ုန့် | --ုန် | --ုန်း |
| 符號 2 | | | | --ုပ် | --ုမ့် | --ုမ် | --ုမ်း |
| 符號 3 | | | | | --ုံ့ | --ုံ | --ုံး |
| 發音 | ay丶 | ayˇ | ay: | it | ing丶 | ingˇ | ing: |
| 符號 1 | ေ--့ | ေ-- | ေ--း | --စ် | --င့် | --င် | --င်း |
| 符號 2 | --ည့် | --ည် | --ည်း | | --ဉ့် | --ဉ် | --ဉ်း |
| 發音 | e丶 | eˇ | e: | et | | | |
| 符號 1 | --ဲ့ | --ယ် | --ဲ | --က် | | | |
| 符號 2 | --ည့် | --ည် | --ည်း | | | | |
| 發音 | aw丶 | awˇ | aw: | out | aung丶 | aungˇ | aung: |
| 符號 1 | ေ--ာ့ | ေ--ာ် | ေ--ာ | ေ--ာက် | ေ--ာင့် | ေ--ာင် | ေ--ာင်း |
| 符號 2 | ေ--ါ့ | ေ--ါ် | ေ--ါ | ေ--ါက် | ေ--ါင့် | ေ--ါင် | ေ--ါင်း |
| 發音 | o丶 | oˇ | o: | aik | aing丶 | aingˇ | aing: |
| 符號 1 | --ို့ | --ို | --ိုး | --ိုက် | --ိုင့် | --ိုင် | --ိုင်း |
| 符號 2 | ကိုယ့် | ကိုယ် | | | | | |

# 1

# 短促母音et、out、aik
# （အက်、အောက်、အိုက်）
# 的發音、單字及生活會話

**學習目標**

1. 短促母音 et、out、aik（အက်、အောက်、အိုက်）的發音及符號

2. 練習 33 個子音字母與短促母音 et、out、aik 組合後的發音方式及其單字

3. 學習子音符號與短促母音 et、out、aik 組合後的發音方式及其單字

4. 會話練習：與時間相關的問句

5. 文化常識：年月日及數字的表達法

## 一、短促母音et、out、aik的發音與符號

| 發音 | et | out | aik |
|------|-----|------------|------|
| 符號 | --က် | ေ--ာက် / ေ--ါက် | --ိုက် |
| 例如 | အက် | အောက် | အိုက် |
| 備註 | （1）短促母音又稱為短促音 | | |

　　短促母音  က် 不像基本母音有不同聲調，但可以和少數幾個母音結合，變成雙母音。例如：基本母音 အော（or）、အို（o），和短促母音 က် 結合後，會變成雙母音 အောက်（out）、အိုက်（aik）。短促母音 et、out、aik 以符號出現，分別為 --က် / ေ--ာက်（ေ--ါက်）/ --ိုက်，再與子音字母及子音符號結合成字。

## 二、拼音練習 ▶ MP3-01

運用符號，將 33 個子音字母與短促母音 et、out、aik（**အက်**、**အောက်**、**အိုက်**）相結合。

| 子音字母 ＼ 符號 | 使用符號的組合 | | |
|---|---|---|---|
| | --က် et | ေ—ာက် / ေ—ါက် out | —ိုက် aik |
| က k | ကက် | ကောက် | ကိုက် |
| ခ kh | ခက် | ခေါက် | ခိုက် |
| ဂ g | ဂက် | ဂေါက် | ဂိုက် |
| င ng | ငက် | ငေါက် | ငိုက် |
| စ s | စက် | စောက် | စိုက် |
| ဆ s | ဆက် | ဆောက် | ဆိုက် |
| ဇ z | ဇက် | ဇောက် | ဇိုက် |
| ည ny | ညက် | ညောက် | ညိုက် |
| တ t | တက် | တောက် | တိုက် |
| ထ th | ထက် | ထောက် | ထိုက် |
| ဒ d | ဒက် | ဒေါက် | ဒိုက် |
| န n | နက် | နောက် | နိုက် |
| ပ p | ပက် | ပေါက် | ပိုက် |
| ဖ ph | ဖက် | ဖောက် | ဖိုက် |
| ဗ b | ဗက် | ဗောက် | ဗိုက် |

| 符號<br>子音字母 | -- က် et | ‌ေ--ာက် / ‌ေ--ါက်<br>out | ‌-ိုက် aik |
|---|---|---|---|
| | 使用符號的組合 | | |
| ဘ b | ဘက် | ‌ဘောက် | ‌ဘိုက် |
| မ m | မက် | ‌မောက် | ‌မိုက် |
| ယ y | ယက် | ‌ယောက် | ‌ယိုက် |
| ရ y | ရက် | ‌ရောက် | ‌ရိုက် |
| လ l | လက် | ‌လောက် | ‌လိုက် |
| ဝ w | ဝက် | ‌ဝေါက် | ‌ဝိုက် |
| သ tt | သက် | ‌သောက် | ‌သိုက် |
| ဟ h | ဟက် | ‌ဟောက် | ‌ဟိုက် |
| အ a | အက် | ‌အောက် | ‌အိုက် |

## 三、短促母音et、out、aik的相關單字及短句 ▶ MP3-02

1. ဘယ်ဘက်ကွေ့။        向左轉！

2. ညာဘက်ကွေ့။        向右轉！

3. အထက်        上面

4. အောက်        下面

5. အနောက်ဘက်        後方／西方

6. ငှက်သိုက်        鳥巢

7. ပူလိုက်တာ။        好熱喔！／好燙喔！

8. အိုက်လိုက်တာ။        好熱喔！

9. အေးလိုက်တာ။        好冷喔！／好冰喔！

10. သောက်ရေရှိလား။        有飲用水嗎？

11. အရက်သောက်လား။        有喝酒嗎？

12. လက်ထောက်        助理

13. ဝက်သား        豬肉

14. အနက်        黑的

15. ဖောက်သည်        主顧客

16. သရက်သီး        芒果

# 四、拼音練習 ▶ MP3-03

將子音符號與短促母音 et、out、aik（**အက်**、**အောက်**、**အိုက်**）相結合。

## （一）單子音符號 ြ--

子音字母與單子音符號 ြ-- 結合後，子音要加上 ya、 的音，例如：**က** 加
上 ြ-- 變成 **ကြ**，唸 k＋ya、（kya、），而 **ကြ** 再與短促母音 et、out、aik 的
符號（--**က်**、ေ--**ာက်**、--**ိုက်**）結合後變成 **ကြက်**、**ကြောက်**、**ကြိုက်**。

以下表格列舉了幾個子音字母，請與單子音符號 ြ-- 及短促母音 et、out、
aik（符號）做結合，並練習發音。

| 子音字母 ＼ 發音 | 單子音符號 ြ-- ＋符號（--က်、ေ--ာက်、--ိုက်） y ＋ et/out/aik | | |
|---|---|---|---|
| | ြ--**က်** yet | ေြ--**ာက်** yout | ြ--**ိုက်** yaik |
| **က** k | **ကြက်** | **ကြောက်** | **ကြိုက်** |
| **ခ** kh | **ချက်** | **ချောက်** | **ချိုက်** |
| **ဂ** g | **ဂျက်** | **ဂျောက်** | **ဂျိုက်** |
| **ပ** p | **ပြက်** | **ပြောက်** | **ပြိုက်** |
| **ဖ** ph | **ဖြက်** | **ဖြောက်** | **ဖြိုက်** |
| **မ** m | **မြက်** | **မြောက်** | **မြိုက်** |

## （二）單子音符號 ‐ျ

與 ⎾‐‐ 同音，唸 ya、。

子音字母與單子音符號 ‐ျ 結合後，子音要加上 ya、 的音，例如：က 加上 ‐ျ 變成 ကျ，唸 k + ya、（kya、），而 ကျ 再與短促母音 et、out、aik 的符號（‐‐က်、ေ‐ာက်、‐ို‐က်）結合後變成 ကျက်、ကျောက်、ကျိုက်。

以下表格列舉了幾個子音字母，請與單子音符號 ‐ျ 及短促母音 et、out、aik（符號）做結合，並練習發音。

| 子音字母 ＼ 發音 | 單子音符號 ‐ျ ＋符號（‐‐က်、ေ‐ာက်、‐ို‐က်） y ＋ et/out/aik | | |
| --- | --- | --- | --- |
| | ‐ျက်  yet | ေ‐ျာက်  yout | ‐ျို‐က်  yaik |
| က  k | ကျက် | ကျောက် | ကျိုက် |
| ခ  kh | ချက် | ချောက် | ချိုက် |
| ဂ  g | ဂျက် | ဂျောက် | ဂျိုက် |
| ပ  p | ပျက် | ပျောက် | ပျိုက် |
| ဖ  ph | ဖျက် | ဖျောက် | ဖျိုက် |
| ဗ  b | ဗျက် | ဗျောက် | ဗျိုက် |
| မ  m | မျက် | မျောက် | မျိုက် |
| လ  l | လျက် | လျောက် | လျိုက် |

## （三）單子音符號 ‐ွ

子音字母與單子音符號 ‐ွ 結合後，子音要加上 wa、 的音，例如：က 加上 ‐ွ 變成 ကွ，唸 k + wa、（kwa、），而 ကွ 再與短促母音 et 的符號（‐‐က်）

結合後變成 ကွက်。

　　以下表格列舉了幾個子音字母，請與單子音符號 ◌ွ 及短促母音 et（符號）做結合，並練習發音。（單子音符號 ◌ွ 無法與短促母音 out、aik 結合發音，因此不做練習。）

| | 單子音符號 ◌ွ ＋符號（--က်） |
| | w ＋ et |
| 發音<br>子音字母 | ◌ွက်　wet |
| က k | ကွက် |
| ခ kh | ခွက် |
| ဂ g | ဂွက် |
| တ t | တွက် |
| ထ th | ထွက် |
| ရ y | ရွက် |
| သ tt | သွက် |

## （四）單子音符號 ◌ှ

　　子音字母與單子音符號 ◌ှ 結合後，子音要加上 ha、 的音，例如：မ 加上 ◌ှ 變成 မှ，唸 m ＋ ha、（mha、），而 မှ 再與短促母音 et、out、aik 的符號（--က်、ေ--ာက်、◌ိ◌်က်）結合後變成 မှက်、မှောက်、မှိုက်。

　　以下表格列舉了幾個子音字母，請與單子音符號 ◌ှ 及短促母音 et、out、aik（符號）做結合，並練習發音。

| 子音字母＼發音 | 單子音符號 ◌ ＋符號（--က်、ေ--ာက်、◌ိုက်）h ＋ et/out/aik | | |
| :---: | :---: | :---: | :---: |
| | ◌က် het | ေ--ာက် hout | ◌ိုက် haik |
| င ng | ငှက် | ငှောက် | ငှိုက် |
| မ m | မှက် | မှောက် | မှိုက် |
| န n | နှက် | နှောက် | နှိုက် |
| ရ y | ရှက် | ရှောက် | ရှိုက် |
| လ l | လှက် | လှောက် | လှိုက် |
| ဝ w | ဝှက် | ဝှောက် | ဝှိုက် |

## （五）雙子音符號 ◌ျ

◌ျ 這個符號是以 ◌ျ 及 ◌ွ 兩種單子音符號結合而成。

子音字母與雙子音符號 ◌ျ 結合後，子音要加上 ywaˋ 的音，例如：က 加上 ◌ျ 變成 ကျ，唸 k ＋ ywaˋ（kywaˋ），而 ကျ 再與短促母音 et 的符號（--က်）結合後變成 ကျက်。

以下表格以子音字母 က 為例，請與雙子音符號 ◌ျ 及短促母音 et（符號）做結合，並練習發音。（雙子音符號 ◌ျ 無法與短促母音 out、aik 結合發音，因此不做練習。且子音當中也只能與 က 結合發音。）

| 子音字母＼發音 | 雙子音符號 ◌ျ ＋符號（--က်）yw ＋ et |
| :---: | :---: |
| | ◌ျက် ywet |
| က k | ကျက် |

## （六）雙子音符號 ⌐₀

⌐₀ 這個符號是以 ⌐ 及 ₀ 兩種單子音符號結合而成。與雙子音符號 ⌐₀ 發音相同。

子音字母與雙子音符號 ⌐₀ 結合後，子音要加上 ywa、 的音，例如：က 加上 ⌐₀ 變成 ကျွ ，唸 k＋ywa、（kywa、），而 ကျွ 再與短促母音 et 的符號（--က်）結合後變成 ကျွက် 。

以下表格以子音字母 က 為例，請與雙子音符號 ⌐₀ 及短促母音 et（符號）做結合，並練習發音。（雙子音符號 ⌐₀ 無法與短促母音 out、aik 結合發音，因此不做練習。且子音當中也只能與 က 結合發音。）

| | 雙子音符號 ⌐₀ ＋符號（--က်）<br>yw ＋ et |
|---|---|
| 發音　<br>子音字母 | ⌐₀က်　ywet |
| က k | ကျွက် |

## （七）雙子音符號 ⌐ၞ

⌐ၞ 這個符號是以 ⌐ၞ 及 ⌐ှ 兩種單子音符號結合而成。

子音字母與雙子音符號 ⌐ၞ 結合後，子音要加上 yha、 的音，例如：မ 加上 ⌐ၞ 變成 မျှ ，唸 m＋yha、（myha、），而 မျှ 再與短促母音 et、out 的符號（--က်、ေ--ာက်、ို်က်）結合後變成 မျှက်、မျှောက်、မျှိုက် 。

以下表格以子音字母 မ 為例，請與雙子音符號 ⌐ၞ 及短促母音 et、out、aik（符號）做結合，並練習發音。

| 子音字母 ＼ 發音 | 雙子音符號 ျ ＋符號（--က်、ေ--ာက်、-ို-က်）<br>yh ＋ et/out/aik | | |
| --- | --- | --- | --- |
| | ျက် yhet | ေျာက် yhout | ျိုက် yhaik |
| မ m | မျက် | မျောက် | မျိုက် |
| လ l | လျက် | လျောက် | လျိုက် |

　　子音字母與（八）至（十一）之子音符號結合後（詳見本書 P. 9），因無法與短促母音 et、out、aik（**အက်**、**အောက်**、**အိုက်**）再結合成為有意義的字，本書暫不做練習。

# 五、子音符號與短促母音et、out、aik組合的單字及短句 ▶ MP3-04

1. အပေါက် 　　　　　　　　　洞／口

2. ထွက်ပေါက်ဘယ်မှာလဲ။ 　　出口在哪裡？

3. ကြွက်သား 　　　　　　　　肌肉／鼠肉

4. ကြက်သားကျက်ပြီလား။ 　　雞肉熟了嗎？

5. မြောက်ဘက်ကိုမျက်နှာမူပါ။ 　面向北方。

6. မျောက် 　　　　　　　　　　猴子

7. အမှိုက် 　　　　　　　　　　垃圾

8. စာရွက် 　　　　　　　　　　紙張

9. မြက်ခင်းပေါ်ကမသွားရ။ 　　不能從草皮上走過。

10. ပျက်ဆီး 　　　　　　　　　壞掉

11. ပိုးဖျက်ဆီးလို့ စပါးဖျက်ဆီးသွားပြီ။ 　　稻米被蟲破壞了。

12. ရေခွက်ပေးပါ။ 　　　　　　　　　　給我水杯。

13. ထွက်သွား 　　　　　　　　　　　　出去

14. သွက်သွက်လက်လက် 　　　　　　　勤勞

15. ကျောက်မျက်ရတနာပြတိုက် 　　　珠寶展覽館

16. ထမင်းချက်တာကျက်ပြီလား။ 　　飯煮熟了嗎？

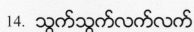

## 六、綜合測驗 ▶ MP3-05

請把聽到的圈起來，並寫出中文意思。

1. _____ သောက်ရည် သောက်ရေ

2. _____ ဖောက်သည် ဖောက်တယ်

3. _____ ညာဘက် ဘယ်ဘက်

4. _____ ညာဘက် ဘယ်ဘက်

5. _____ မြောက် မျောက်

6. _____ ထွက်ပေါက် ထွက်သွား

7. _____ ကြွက်သား ကြက်သား

8. _____ ဒုက်သိုက် ဒုက်သိုတ်

# 七、生活會話 ▶ MP3-06

## ◆哪一天到的呢？（過去式）

| | |
|---|---|
| A: ဘယ်နေ့ တုန်းက ရောက်သလဲ။ | 哪一天到的呢？ |
| B: မနေ့ (တုန်း) ကရောက်တယ်။ | 昨天到的。 |
| A: ဘယ်နေ့ ကရောက်သလဲ။ | 哪天到的呢？ |
| B: ၁၀-ရက်နေ့ ကရောက်တယ်။ | 10 號到的。 |
| A: ဘယ်တုန်းကရောက်သလဲ။ | 什麼時候到的？ |
| B: ဒီနေ့ မနက်ကရောက်တယ်။ | 今天早上到的。 |

## ◆哪一天要來？（未來式）

| | |
|---|---|
| A: ဘယ်နေ့ လာမလဲ။ | 哪一天要來？ |
| B: မနက်ဖြန်လာခဲ့ မယ်။ | 明天會來。 |
| A: ဘယ်တော့ လာမလဲ။ | 什麼時候要來？ |
| B: သန်ဘက်ခါလာခဲ့ မယ်။ | 後天會來。 |

　　「ဘယ်...လဲ」是一種疑問句，在問時間（when）、地點（where）、哪一種（which）、如何（how）及問人物（who、whom）時使用。詢問過去的時間時，「ဘယ်」後面需要加過去式的時間狀語助詞，如：「တုန်းက」（天、時段）、「နေ့က」（天）、「နေ့တုန်းက」（天），在時間狀語助詞後面加上動詞，如：「သွား」（去）、「လာ」（來）、「ရောက်」（到）等，並在問句最後用「သလဲ」結尾，代表過去式。詢問未來的時間時，「ဘယ်」後面

需要加未來式的時間狀語助詞，如：「နေ့」（天、時段）、「တော့」（天），一樣在時間狀語助詞後面加上動詞，並在問句最後加上「မလဲ」表示未來式，或加「လဲ」表示現在進行式。

　　回答問題時，需將問句中的句首「ဘယ်」和時間狀語助詞改成要回答的時間，句尾的語助詞則依不同時態改成相應的句末助詞，如：過去式「သလဲ」及現在進行式「လဲ」需改成句末助詞「တယ်」，未來式「မလဲ」則改成句末助詞「မယ်」。

# 文化常識　年月日及數字的表達法

　　在台灣，表達年月日時，我們的排序方法為「幾年幾月幾日」，唸的時候也是如此。在緬甸，簽屬日期時的寫法和口語的講法則剛好相反：書寫的順序為日、月、年；而口語表達時的順序則為年、月、日。例如：2018 年 5 月 14 日，寫法為「၁၄-၅-၂၀၁၈」，口語的講法則是「၂၀၁၈ ခုနှစ် မေ လ (၁၄) ရက်နေ့」。在緬甸文中，「年」的寫法為「ခုနှစ်」，「月」的寫法為「လ」，「日」的寫法為「ရက်နေ့」。詳細的數字及月份的寫法如下：

## 數字：　▶ MP3-07

| 數字 | 寫法 | 口語講法 | 數字 | 寫法 | 口語講法 |
|---|---|---|---|---|---|
| 1 | ၁ | တစ် | 11 | ၁၁ | (တစ်) ဆယ့်တစ် |
| 2 | ၂ | နှစ် | 12 | ၁၂ | (တစ်) ဆယ့်နှစ် |
| 3 | ၃ | သုံး | 20 | ၂၀ | နှစ်ဆယ် |
| 4 | ၄ | လေး | 30 | ၃၀ | သုံးဆယ် |
| 5 | ၅ | ငါး | 100 | ၁၀၀ | တစ်ရာ |
| 6 | ၆ | ခြောက် | 101 | ၁၀၁ | တစ်ရာ့တစ် |
| 7 | ၇ | ခုနှစ် | 111 | ၁၁၁ | တစ်ရာတစ်ဆယ့်တစ် |
| 8 | ၈ | ရှစ် | 10000 | ၁၀၀၀ | တစ်ထောင် |
| 9 | ၉ | ကိုး | 2009 | ၂၀၀၉ | နှစ်ထောင်နဲ့ ကိုး / နှစ်ထောင့်ကိုး |
| 10 | ၁၀ | တစ်ဆယ် | 2019 | ၂၀၁၉ | နှစ်ထောင့်(တစ်)ဆယ့်ကိုး |
| 0 | ၀ | သုည | 1234 | ၁၂၃၄ | တစ်ထောင့်နှစ်ရာ သုံးဆယ့်လေး |

## 月份：（月份為外來語）

| 月份 | 寫法 | 口語講法 |
|---|---|---|
| 一月 | ဇန်နဝါရီလ | ၁-လပိုင်း |
| 二月 | ဖေဖော်ဝါရီလ | ၂-လပိုင်း |
| 三月 | မတ်လ | ၃-လပိုင်း |
| 四月 | ဧပြီလ | ၄-လပိုင်း |
| 五月 | မေလ | ၅-လပိုင်း |
| 六月 | ဇွန်လ | ၆-လပိုင်း |
| 七月 | ဇူလိုင်လ | ၇-လပိုင်း |
| 八月 | သြဂုတ်လ | ၈-လပိုင်း |
| 九月 | စက်တင်ဘာလ | ၉-လပိုင်း |
| 十月 | အောက်တိုဘာလ | ၁၀-လပိုင်း |
| 十一月 | နိုဝင်ဘာလ | ၁၁-လပိုင်း |
| 十二月 | ဒီဇင်ဘာလ | ၁၂-လပိုင်း |

## 數字量詞：

| 數字量詞 | 個 | 十 | 百 | 千 | 萬 | 十萬 |
|---|---|---|---|---|---|---|
| 寫法 / 口語講法 | ခု | ဆယ် | ရာ | ထောင် | သောင်း | သိန်း |

# MEMO

# 短促母音it
# （အစ်）
# 的發音、單字及生活會話

✦ 學習目標

1. 短促母音 it（အစ်）的發音及符號

2. 練習 33 個子音字母與短促母音 it 組合後的發音方式及其單字

3. 學習子音符號與短促母音 it 組合後的發音方式及其單字

4. 會話練習：如何、怎麼的相關問句

5. 文化常識：緬甸的天然保養品

## 一、短促母音it的發音與符號

| 發音 | it |
|------|-----|
| 符號 | --စ် |
| 例如 | အစ် |
| 備註 | （1）短促母音又稱為短促音 |

　　短促母音 စ် 不像基本母音有不同聲調，也沒有辦法與其他母音做結合。短促母音 it 以符號 --စ် 的形式呈現，再與子音字母、子音符號結合成字。

# 二、拼音練習 ▶ MP3-08

運用符號，將 33 個子音字母與短促母音 it（အစ်）相結合。

| 符號<br>子音字母 | 使用符號的組合 |
|---|---|
| | --စ်　it |
| က k | ကစ် |
| ခ kh | ခစ် |
| ဂ g | ဂစ် |
| စ s | စစ် |
| ဆ s | ဆစ် |
| ဇ z | ဇစ် |
| ည ny | ညစ် |
| တ t | တစ် |
| ထ th | ထစ် |
| ဒ d | ဒစ် |
| န n | နစ် |
| ပ p | ပစ် |
| ဖ ph | ဖစ် |
| ဗ b | ဗစ် |
| ဘ b | ဘစ် |

| 　　　　　符號<br>子音字母 | 使用符號的組合 |
|---|---|
| | --စ်　it |
| မ m | မစ် |
| ယ y | ယစ် |
| ရ y | ရစ် |
| လ l | လစ် |
| ဝ w | ဝစ် |
| သ tt | သစ် |
| ဟ h | ဟစ် |
| အ a | အစ် |

# 三、短促母音it的相關單字及短句 ▶ MP3-09

1. သစ်သား 木頭

2. ကျားသစ်ကြောက်ဖို့ ကောင်းသည်။ 豹很可怕！

3. စစ်သား 軍人

4. ဒီကလေးဝကစ်ကစ်။ 這小孩胖嘟嘟的。

5. ရွှေအစစ် 純金

6. တစ် 一

7. တစ်ဆယ် 十

8. တစ်ရာ 一百

9. ဆရာမစကားထစ်သည်။ 老師說話會結巴！

10. နည်းစနစ် 方法

11. ဒီနေရာအမှိုက်မပစ်ရ။ 此處不能丟垃圾。

12. မူးယစ်ဆေးဝါး 毒品

13. စကားကိုအော်ဟစ်မပြောရ။ 不要大聲喧嘩。

14. ညစ်ပေပေ 髒兮兮

15. လှေကားထစ်ကိုသတိထားပါ။ 注意台階。

16. သစ်တော်သီး 水梨

# 四、拼音練習　▶ MP3-10

將子音符號與短促母音 it（အစ်）相結合。

## （一）單子音符號 ⊡

子音字母與單子音符號 ⊡，結合後，子音要加上 ya、的音，例如：က 加上 ⊡ 變成 ကျ，唸 k＋ya、（kya、），而 ကျ 再與短促母音 it 的符號（--စ်）結合後變成 ကျစ်。

以下表格列舉了幾個子音字母，請與單子音符號 ⊡ 及短促母音 it（符號）做結合，並練習發音。

| 子音字母 ＼ 發音 | 單子音符號 ⊡＋符號（--စ်）<br>y　＋　it<br>⊡စ်　yit |
|---|---|
| က k | ကျစ် |
| ခ kh | ချစ် |
| ဒ d | ဒျစ် |
| ပ p | ပျစ် |
| ဖ ph | ဖျစ် |
| ဗ b | ဗျစ် |
| မ m | မျစ် |

## （二）單子音符號 ‑ျ

　　與 ‑ြ 同音，唸 ya丶。

　　子音字母與單子音符號 ‑ျ 結合後，子音要加上 ya丶 的音，例如：က 加上 ‑ျ 變成 ကျ，唸 k＋ya丶（kya丶），而 ကျ 再與短促母音 it 的符號（‑‑စ်）結合後變成 ကျစ်。

　　以下表格列舉了幾個子音字母，請與單子音符號 ‑ျ 及短促母音 it（符號）做結合，並練習發音。

| 發音＼子音字母 | 單子音符號 ‑ျ ＋符號（‑‑စ်）<br>y ＋ it<br>‑ျစ်　yit |
|---|---|
| က k | ကျစ် |
| ခ kh | ချစ် |
| ဂ g | ဂျစ် |
| ပ p | ပျစ် |
| ဖ ph | ဖျစ် |
| ဗ b | ဗျစ် |
| မ m | မျစ် |
| လ l | လျစ် |
| သ tt | သျစ် |

## （三）單子音符號 ့ဝ

　　子音字母與單子音符號 ့ဝ 結合後，子音要加上 wa、的音，例如：က 加上 ့ဝ 變成 ကွ，唸 k＋wa、（kwa、），而 ကွ 再與短促母音 it 的符號（--စ်）結合後變成 ကွစ်。

　　以下表格列舉了幾個子音字母，請與單子音符號 ့ဝ 及短促母音 it（符號）做結合，並練習發音。（原則上緬甸文中沒有這樣的組合方式，但在模擬外來語、大自然的聲音或動物的叫聲時，會使用這個拼音及拼字的方法。）

| 子音字母　　　　發音 | 單子音符號 ့ဝ ＋符號（--စ်）<br>w ＋ it<br>--ွစ် wit |
|---|---|
| က k | ကွစ် |
| ခ kh | ခွစ် |
| ဂ g | ဂွစ် |
| စ s | စွစ် |
| တ t | တွစ် |
| ထ th | ထွစ် |
| ဒ d | ဒွစ် |
| န n | နွစ် |
| ရ y | ရွစ် |
| လ l | လွစ် |
| သ tt | သွစ် |
| ဟ h | ဟွစ် |
| အ a | အွစ် |

## （四）單子音符號 ှ

子音字母與單子音符號 ှ 結合後，子音要加上 ha、 的音，例如：န加上 ှ 變成 နှ，唸 n＋ha、（nha、），而 နှ 再與短促母音 it 的符號（--စ်）結合後變成 နှစ်。

以下表格列舉了幾個子音字母，請與單子音符號 ှ 及短促母音 it（符號）做結合，並練習發音。

| | 單子音符號 ှ ＋符號（--စ်）<br>h ＋ it |
|---|---|
| 　　　　　　發音<br>子音字母 | ှစ်　hit |
| န　n | နှစ် |
| ရ　y | ရှစ် |
| လ　l | လှစ် |
| ဝ　w | ဝှစ် |

## （五）雙子音符號 ှျ

ှျ 這個符號是以 ျ 及 ှ 兩種單子音符號結合而成。

子音字母與雙子音符號 ှျ 結合後要加上 ywa、 的音，例如：က 加上 ှျ 變成 ကျှ，唸 k＋ywa、（kywa、），而 ကျှ 再與短促母音 it 的符號（--စ်）結合後變成 ကျှစ်。

以下表格列舉了幾個子音字母，請與雙子音符號 ှျ 及短促母音 it（符號）做結合，並練習發音。（原則上緬甸文中沒有這樣的組合方式，但在模擬外來語、大自然的聲音或動物的叫聲時，會使用這個拼音及拼字的方法。）

| | 雙子音符號 --ႂ ＋符號（--စ်）<br>yw ＋ it |
|---|---|
| ＿＿＿＿＿發音<br>子音字母＿＿＿ | --ႂစ်　ywit |
| က k | က္ယြစ် |
| ခ kh | ချစ် |
| ဂ g | ဂျစ် |

# （六）雙子音符號 ႂ

ႂ 這個符號是以 ╠ 及 ့ 兩種單子音符號結合而成。與雙子音符號 --ႂ 發音相同。

子音字母與雙子音符號 ႂ 結合後，子音要加上 ywa、 的音，例如：က 加上 ႂ 變成 ကႂ，唸 k ＋ ywa、（kywa、），而 ကႂ 再與短促母音 it 的符號（--စ်）結合後變成 ကႂစ်。

以下表格列舉了幾個子音字母，請先與雙子音符號 ႂ 及短促母音 it（符號）做結合，並練習發音。（原則上緬甸文中沒有這樣的組合方式，但在模擬外來語、大自然的聲音或動物的叫聲時，會使用這個拼音及拼字的方法。）

| | 雙子音符號 ႂ ＋符號（--စ်）<br>yw ＋ it |
|---|---|
| ＿＿＿＿＿發音<br>子音字母＿＿＿ | ႂစ်　ywit |
| က k | ကႂစ် |
| ခ kh | ခႂစ် |

## （七）雙子音符號 ျ

ျ 這個符號是以 ျ 及 ှ 兩種單子音符號結合而成。

子音字母與雙子音符號 ျ 結合後，子音要加上 yha、 的音，例如：မ 加上 ျ 變成 မျ，唸 m + yha、（myha、），而 မျ 再與短促母音 it 的符號（--စ်）結合後變成 မျစ်。

以下表格列舉了幾個子音字母，請與雙子音符號 ျ 及短促母音 it（符號）做結合，並練習發音。

| | 雙子音符號 ျ ＋符號（--စ်） yh ＋ it |
|---|---|
| 發音<br>子音字母 | ျစ် yhit |
| မ m | မျစ် |
| လ l | လျစ် |

子音字母與（八）至（十一）之子音符號結合後（詳見本書 P. 9），因無法與短促母音 it（အစ်）再結合成為有意義的字，本書暫不做練習。

# 五、子音符號與短促母音it組合的單字及短句 ▶ MP3-11

1. နှစ် 二

2. ရှစ် 八

3. မြစ် 江

4. စပျစ်သီးတော်တော်ချိုတယ်။ 葡萄很甜！

5. မျှစ် 筍

6. ချစ်သူ 情人

7. ဧရာဝတီမြစ်တော်တော်ရှည်တယ်။ 伊洛瓦底江很長！

8. နှစ်သစ်ကူးမှာအတူပျော်မယ်။ 在跨年期間一起歡樂！

9. ချစ်ချစ်ခင်ခင် 相親相愛

10. မီးခြစ်မဆော့နဲ့။ 不能玩打火機。

11. ပြစ်မှား 得罪

12. ကျစ်ဆံမြီးကျစ်ထားတာလှလိုက်တာ။ 辮子編得好漂亮。

13. အားကစားသမားရဲ့ အသားကကျစ်လျစ်တယ်။ 運動員的肌肉很結實。

14. ဖြစ်ရိုးဖြစ်စဉ် 常態

15. အဖြစ်အပျက် 事情發生的始末

16. ပဲမြစ် 豆根

# 六、綜合測驗

請用緬甸文唸出以下的數字，並用緬甸文的數字寫法寫下來。

1. 1 　　　　＿＿＿＿＿＿＿＿＿＿＿

2. 21 　　　　＿＿＿＿＿＿＿＿＿＿＿

3. 68 　　　　＿＿＿＿＿＿＿＿＿＿＿

4. 168 　　　　＿＿＿＿＿＿＿＿＿＿＿

5. 2018 年 10 月 28 日 　　　＿＿＿＿＿＿＿＿＿＿

6. 2019 年 11 月 14 日 　　　＿＿＿＿＿＿＿＿＿＿

7. 1974 年 8 月 9 日 　　　＿＿＿＿＿＿＿＿＿＿

8. 2006 年 4 月 25 日 　　　＿＿＿＿＿＿＿＿＿＿

# 七、生活會話 ▶MP3-12

## ◆「如何稱呼？」

A: အမ၊နာမည်ဘယ်လိုခေါ်လဲ။　　　姐姐！如何稱呼您呢？

B: အမနာမည်မရီရီလွင်လို့ ခေါ်ပါတယ်။　姐姐叫傌依依倫（မရီရီလွင်）。

## ◆「怎麼去？」

A: အမ၊ဆေးရုံကိုဘယ်လိုသွားမလဲ။　　姐姐！您要怎麼去醫院呢？

B: ကားနဲ့ သွားမယ်။　　　　　　搭車去。

## ◆「怎麼來？」

A: အမ၊ဆေးရုံကိုဘယ်လိုလာမလဲ။　　姐姐！您要怎麼來醫院呢？

B: ရထားနဲ့ လာမယ်။　　　　　搭火車來。

## ◆「怎麼做？」

A: အမ၊ဒါဘယ်လိုလုပ်ရင်ကောင်းမလဲ။　姐姐！這要怎麼做才好呢？

B: စဉ်းစားပြီးမှလုပ်ပါ။　　　　思考後再做吧！

## ◆「怎麼發生的？」

A: အမ၊ဒါဘယ်လိုဖြစ်တာလဲ။　　　　姐姐！這是怎麼發生的？

B: မတော်တဆဖြစ်သွားတာ။　　　　不小心的。

　　詢問「如何、怎麼」（how）時，疑問句的結構為「ဘယ်လို＋動詞＋လဲ」，常見的動詞有「ခေါ်」（稱呼）、「သွား」（去）、「လာ」（來）、「လုပ်」（做）、「ဖြစ်」（發生）、「စား」（吃）等等。

　　答句的結構為「名詞＋連接詞＋動詞＋語助詞」。在以上答句中「လို့」（加強語氣）、「နဲ့」（和；同英文with的用法）、「ပြီးမှ」（然後）是連接詞，「တယ်」（過去式或現在進行式）、「မယ်」（未來式）、「ပါ」（提醒或贊成語氣）、「တာ」（加強語氣）是句末助詞。

# 文化常識　緬甸的天然保養品

「သနပ်ခါး」是在緬甸不分男女老少，都會塗在臉上的一種天然的保養品，也可拿來當防曬用品，偶爾也會在兒童的臉上看到創意的「သနပ်ခါး」作品，例如塗抹成葉子的形狀。

「သနပ်ခါး」是黃香楝木的緬甸文，通常拿黃香楝木的樹皮，在平而粗糙的石板上加水後磨擦，直到有淺黃色的糊狀東西出現後，再將之塗抹在身上。

「သနပ်ခါး」有一種淡淡的香味。在緬甸，公立小學都會規定同學們要塗「သနပ်ခါး」上學，若沒塗「သနပ်ခါး」的同學還會被取笑是懶惰的人，因為磨製和塗抹的過程也需要花費不少力氣和時間呢！

不過，隨著製成方法不斷改進，「သနပ်ခါး」從以前只能用手工磨製，到現在也已開發出半成品，在市面上販售。這種「သနပ်ခါး」半成品，只要加入一點點水，稍微抹一下即可使用，非常方便！還有各式各樣的花香味可供消費者選擇，如茉莉花香、玫瑰香等，從很小的傳統商店到很大的超市都買得到，價錢也很親民。如果有機會去到緬甸的觀光客，「သနပ်ခါး」是一定要體驗一下的商品喔！

# 短促母音at、eik、oke
# （အတ်、အိတ်、အုတ်）
# 的發音、單字及生活會話

# 一、短促母音at、eik、oke的發音與符號

| 發音 | at | eik | oke |
|---|---|---|---|
| 符號 1 | --တ် | °-တ် | --ုတ် |
| 例如 | အတ် | အိတ် | အုတ် |
| 符號 2 | --င် | °-င် | --ုင် |
| 例如 | အင် | အိင် | အုင် |
| 備註 | （1）短促母音又稱為短促音 | | |

　　短促母音 တ် 不像基本母音有三種聲調，但可以和少數幾個母音結合，變成雙母音。例如：基本母音 အိ（i）、အု（u），和短促母音 တ် 結合後，會變成雙母音 အိတ်（eik）、အုတ်（oke）。短促母音 at、eik、oke 以兩種符號出現，第一種為 --တ် / °-တ် / --ုတ်，第二種為 --င် / °- င် / --ုင်，再與子音字母及子音符號結合成字。

## 二、拼音練習 ▶ MP3-13

運用 2 種符號，將 33 個子音字母與短促母音 at、eik、oke（**အတ်**、**အိတ်**、**အုတ်**）相結合。

| 符號 1<br>子音字母 | 使用符號 1 的組合 | | |
|---|---|---|---|
| | --တ် at | ိ-တ် eik | --တ်  oke |
| က k | ကတ် | ကိတ် | ကုတ် |
| ခ kh | ခတ် | ခိတ် | ခုတ် |
| ဂ g | ဂတ် | ဂိတ် | ဂုတ် |
| င ng | ငတ် | - | ငုတ် |
| စ s | စတ် | စိတ် | စုတ် |
| ဆ s | ဆတ် | ဆိတ် | ဆုတ် |
| ဇ z | ဇတ် | ဇိတ် | ဇုတ် |
| ည ny | ညတ် | ညိတ် | ညွတ် |
| တ t | တတ် | တိတ် | တုတ် |
| ထ th | ထတ် | ထိတ် | ထုတ် |
| ဒ d | ဒတ် | ဒိတ် | ဒုတ် |
| န n | နတ် | နိတ် | နုတ် |
| ပ p | ပတ် | ပိတ် | ပုတ် |
| ဖ ph | ဖတ် | ဖိတ် | ဖုတ် |
| ဗ b | ဗတ် | ဗိတ် | ဗုတ် |

| 子音字母 ＼ 符號1 | 使用符號 1 的組合 | | |
|---|---|---|---|
| | --တ် at | ◌ိတ် eik | ◌ုတ် oke |
| ဘ b | ဘတ် | ဘိတ် | ဘုတ် |
| မ m | မတ် | မိတ် | မုတ် |
| ယ y | ယတ် | ယိတ် | ယုတ် |
| ရ y | ရတ် | ရိတ် | ရုတ် |
| လ l | လတ် | လိတ် | လုတ် |
| ဝ w | ဝတ် | ဝိတ် | ဝုတ် |
| သ tt | သတ် | သိတ် | သုတ် |
| ဟ h | ဟတ် | ဟိတ် | ဟုတ် |
| အ a | အတ် | အိတ် | အုတ် |

| 子音字母 ＼ 符號2 | 使用符號 2 的組合 | | |
|---|---|---|---|
| | --ပ် at | ◌ိပ် eik | ◌ုပ် oke |
| က k | ကပ် | ကိပ် | ကုပ် |
| ခ kh | ခပ် | - | ခုပ် |
| ဂ g | ဂပ် | - | - |
| င ng | - | - | ငုပ် |
| စ s | စပ် | စိပ် | စုပ် |
| ဆ s | ဆပ် | ဆိပ် | ဆုပ် |

| 符號 2 ／ 子音字母 | 使用符號 2 的組合 | | |
|---|---|---|---|
| | --င် at | ‒ိ‒င် eik | --ုင် oke |
| ည ny | ညင် | - | - |
| တ t | တင် | တိင် | တုင် |
| ထ th | ထင် | ထိင် | ထုင် |
| ဒ d | ဒင် | - | - |
| န n | နင် | နိင် | နုင် |
| ပ p | ပင် | ပိင် | ပုင် |
| ဖ ph | ဖင် | - | - |
| ယ y | ယင် | - | - |
| ရ y | ရင် | ရိင် | ရုင် |
| လ l | လင် | လိင် | လုင် |
| ၀ w | ၀င် | - | - |
| သ tt | သင် | သိင် | သုင် |
| ဟ h | ဟင် | ဟိင် | ဟုင် |
| အ a | အင် | အိင် | အုင် |

## 三、短促母音at、eik、oke的相關單字及短句 ▶ MP3-14

1. ဆိတ်　　　　羊

2. အိတ်　　　　包包

3. အိပ်　　　　睡

4. လိပ်စာ　　　地址／烏龜飼料

5. စာအိတ်ကိုသေသေချာချာပိတ်ပါ။　信封要確實封好。

6. ဓာတ်ဆီဆိုင်မှာမီးခြစ်မသုံးရ။　賣汽油的店不能使用打火機。

7. ဓာတ်ခဲ　　　電池

8. စာအုပ်　　　書

9. လိုအပ်　　　需要

10. တရုတ်လူမျိုး　中國人

11. ဖိတ်ခေါ်စာ　邀請函

12. လတ်ဆတ်သောအစားအစာကိုစားပါ။　要吃新鮮的食物。

13. ပုတီး　　　佛珠

14. ရုတ်တရက်မီးမလာတော့ဘူး။　突然間沒電了。

15. ဘယ်အလုပ်မဆိုသေသေချာချာလုပ်ပါ။　任何工作都要確實做好。

16. ဦးထုပ်　　　帽子

# 四、拼音練習 ▶ MP3-15

將子音符號與短促母音 at、eik、oke（အတ်、အိတ်、အုတ်）相結合。

## （一）單子音符號 [--]

子音字母與單子音符號 [--] 結合後，子音要加上 ya、 的音，例如：က 加上 [--] 變成 ကြ，唸 k ＋ ya、（kya、），而 ကြ 再與短促母音 at、eik、oke 的符號 1（--တ်、ိတ်、ုတ်）結合後變成 ကြတ်、ကြိတ်、ကြုတ်。

以下表格列舉了幾個子音字母，請與單子音符號 [--] 及短促母音 at、eik、oke（符號 1）做結合，並練習發音。

| 發音<br>子音字母 | 單子音符號 [--] ＋符號 1（--တ်、ိတ်、ုတ်）<br>y ＋ at/eik/oke | | |
| --- | --- | --- | --- |
| | [--]တ် yat | [--ိ]တ် yeik | [--ု]တ် yoke |
| က k | ကြတ် | ကြိတ် | ကြုတ် |
| ခ kh | ခြတ် | ခြိတ် | ခြုတ် |
| ပ p | ပြတ် | ပြိတ် | ပြုတ် |
| ဖ ph | ဖြတ် | ဖြိတ် | ဖြုတ် |
| မ m | မြတ် | မြိတ် | မြုတ် |

同樣以 ကြ 為例，ကြ 再與短促母音 at、eik、oke 的符號 2（--ပ်、ိပ်、ုပ်）結合，變成 ကြပ်、ကြိပ်、ကြုပ်。

以下表格列舉了幾個子音字母，請與單子音符號 [--] 及短促母音 at、eik、oke（符號 2）做結合，並練習發音。

| | 單子音符號 ြ ＋符號 2（--ပ်、--ိပ်、--ုပ်）<br>y ＋ at/eik/oke | | |
|---|---|---|---|
| 發音 / 子音字母 | --ြပ် yat | --ြိပ် yeik | --ြုပ် yoke |
| က k | ကြပ် | ကြိပ် | ကြုပ် |
| ခ kh | ခြပ် | ခြိပ် | ခြုပ် |
| ပ p | ပြပ် | ပြိပ် | ပြုပ် |
| ဖ ph | ဖြပ် | ဖြိပ် | ဖြုပ် |
| မ m | မြပ် | မြိပ် | မြုပ် |

## （二）單子音符號 --ျ

與 ြ 同音，唸 ya、。

子音字母與單子音符號 --ျ 結合後，子音要加上 ya、 的音，例如：က 加上 --ျ 變成 ကျ，唸 k ＋ ya、（kya、），而 ကျ 再與短促母音 at、eik、oke 的符號 1（--တ်、--ိတ်、--ုတ်）結合後變成 ကျတ်、ကျိတ်、ကျုတ်。

以下表格列舉了幾個子音字母，請與單子音符號 --ျ 及短促母音 at、eik、oke（符號 1）做結合，並練習發音。

| | 單子音符號 --ျ ＋符號 1（--တ်、--ိတ်、--ုတ်）<br>y ＋ at/eik/oke | | |
|---|---|---|---|
| 發音 / 子音字母 | --ျတ် yat | --ျိတ် yeik | --ျုတ် yoke |
| က k | ကျတ် | ကျိတ် | ကျုတ် |
| ခ kh | ချတ် | ချိတ် | ချုတ် |
| ဂ g | ဂျတ် | ဂျိတ် | ဂျုတ် |

| | 單子音符號 -ျ＋符號 1（--တ်、-ိတ်、-ုတ်） y　+　at/eik/oke | | |
|---|---|---|---|
| 發音<br>子音字母 | -ျတ်　yat | -ျိတ်　yeik | -ျုတ်　yoke |
| ပ p | ပျတ် | ပျိတ် | ပျုတ် |
| ဖ ph | ဖျတ် | ဖျိတ် | ဖျုတ် |
| ဗ b | ဗျတ် | ဗျိတ် | ဗျုတ် |
| မ m | မျတ် | မျိတ် | မျုတ် |
| လ l | လျတ် | - | လျုတ် |

同樣以 ကျ 為例，ကျ 再與短促母音 at、eik、oke 的符號 2（--ပ်、-ိပ်、-ုပ်）結合，變成 ကျပ်、ကျိပ်、ကျုပ်。

以下表格列舉了幾個子音字母，請與單子音符號 -ျ 及短促母音 at、eik、oke（符號 2）做結合，並練習發音。

| | 單子音符號 -ျ＋符號 2（--ပ်、-ိပ်、-ုပ်） y　+　at/eik/oke | | |
|---|---|---|---|
| 發音<br>子音字母 | -ျပ်　yat | -ျိပ်　yeik | -ျုပ်　yoke |
| က k | ကျပ် | ကျိပ် | ကျုပ် |
| ခ kh | ချပ် | ချိပ် | ချုပ် |
| ဂ g | ဂျပ် | ဂျိပ် | ဂျုပ် |
| ပ p | ပျပ် | ပျိပ် | ပျုပ် |
| ဖ ph | ဖျပ် | ဖျိပ် | ဖျုပ် |
| ဗ b | ဗျပ် | ဗျိပ် | ဗျုပ် |

| | 單子音符號 -ျ ＋符號2（--ပ်、ိ-ပ်、ု-ပ်）<br>y ＋ at/eik/oke | | |
|---|---|---|---|
| 發音<br>子音字母 | -ျပ်　yat | ိ-ျပ်　yeik | ု-ျပ်　yoke |
| မ　m | မျပ် | မျိပ် | မျုပ် |
| လ　l | လျပ် | - | လျုပ် |

## （三）單子音符號 ု-

　　子音字母與單子音符號 ု- 結合後，子音要加上 wa、的音，例如：က 加 ု- 變成 ကွ，唸 k ＋ wa、（kwa、），而 ကွ 再與短促母音 at 的符號 1（--တ်）結合後變成 ကွတ်。

　　以下表格列舉了幾個子音字母，請與單子音符號 ု- 及短促母音 at（符號 1）做結合，並練習發音。（子音字母與單子音符號 ု- 結合後，因無法再與短促母音 eik、oke 結合發音，本書暫不做練習。）

| | 單子音符號 ု- ＋符號1（--တ်）<br>w ＋ at |
|---|---|
| 發音<br>子音字母 | ု-တ်　wat |
| က　k | ကွတ် |
| ခ　kh | ခွတ် |
| ဂ　g | ဂွတ် |
| စ　s | စွတ် |
| ဆ　s | ဆွတ် |
| ဇ　z | ဇွတ် |

| | 單子音符號 --ွ ＋符號 1（--တ်）<br>w ＋ at |
| :--- | :---: |
| 發音<br>子音字母 | --ွတ်　wat |
| ည ny | ညွတ် |
| တ t | တွတ် |
| ထ th | ထွတ် |
| ဒ d | ဒွတ် |
| န n | နွတ် |
| ရ y | ရွတ် |
| လ l | လွတ် |
| သ tt | သွတ် |
| ဟ h | ဟွတ် |
| အ a | အွတ် |

同樣以 ကွ 為例，ကွ 再與短促母音 at 的符號 2（--ပ်）結合，變成 ကွပ်。

以下表格列舉了幾個子音字母，請與單子音符號 --ွ 及短促母音 at（符號 2）做結合，並練習發音。

| | 單子音符號 --ွ ＋符號 2（--ပ်）<br>w ＋ at |
| :--- | :---: |
| 發音<br>子音字母 | --ွပ်　wat |
| က k | ကွပ် |
| ခ kh | ခွပ် |

| 發音　　子音字母 | 單子音符號 ္ ＋符號2（--စ်）<br>w ＋ at<br>--ွစ်　wat |
|---|---|
| က g | ဂွစ် |
| စ s | စွစ် |
| ဆ s | ဆွစ် |
| ဇ z | ဇွစ် |
| ည ny | ညွစ် |
| တ t | တွစ် |
| ထ th | ထွစ် |
| ဒ d | ဒွစ် |
| န n | နွစ် |
| ရ y | ရွစ် |
| လ l | လွစ် |
| သ tt | သွစ် |
| ဟ h | ဟွစ် |
| အ a | အွစ် |

## （四）單子音符號 ္ဟ

子音字母與單子音符號 ္ဟ 結合後，子音要加上 ha、 的音，例如：မ 加上 ္ဟ 變成 မှ，唸 m ＋ ha、（mha、），而 မှ 再與短促母音 at、eik、oke 的符號 1（--တ်、ိ-တ်、ု-တ်）結合後變成 မှတ်、မှိတ်、မှုတ်。

以下表格列舉了幾個子音字母，請與單子音符號 ္ဟ 及短促母音 at、eik、oke（符號 1）做結合，並練習發音。

| 子音字母 ＼ 發音 | 單子音符號 ္ဟ ＋符號 1（--တ်、ိ-တ်、ု-တ်） | | |
| --- | --- | --- | --- |
| | h ＋ at/eik/oke | | |
| | --္ဟတ် hat | ိ-္ဟတ် heik | ု-္ဟ တ် hoke |
| မ m | မှတ် | မှိတ် | မှု တ် |
| ရ y | ရှတ် | ရှိတ် | ရှု တ် |
| လ l | လှတ် | လှိတ် | လှု တ် |
| ဝ w | ဝှတ် | - | ဝှု တ် |

同樣以 မှ 為例，မှ 再與短促母音 at、eik、oke 的符號 2（--ပ်、ိ-ပ်、ု-ပ်）結合，變成 မှပ်、မှိပ်、မှုပ်。

以下表格列舉了幾個子音字母，請與單子音符號 ္ဟ 及短促母音 at、eik、oke（符號 2）做結合，並練習發音。

| 子音字母 ＼ 發音 | 單子音符號 ္ဟ ＋符號 2（--ပ်、ိ-ပ်、ု-ပ်） | | |
| --- | --- | --- | --- |
| | h ＋ at/eik/oke | | |
| | --္ဟပ် hat | ိ-္ဟပ် heik | ု-္ဟ ပ် hoke |
| မ m | မှပ် | မှိပ် | မှု ပ် |
| ရ y | ရှပ် | ရှိပ် | ရှု ပ် |

| | 單子音符號 -- ＋符號 2（--ိ်、ိ်ိ်、-ွ်）<br>h　＋　at/eik/oke | | |
|---|---|---|---|
| 發音<br>子音字母 | --ိ်　hat | ိ်ိ်　heik | -ွ်　hoke |
| လ l | လှပ် | လှိပ် | လှုပ် |
| ဝ w | ဝှပ် | - | ဝှုပ် |

## （五）雙子音符號 -ွ

-ွ 這個符號是以 -ြ 及 -ွ 兩種單子音符號結合而成。

子音字母與雙子音符號 -ွ 結合後要加上 ywa、 的音，例如：က 加上 -ွ 變成 ကွ，唸 k ＋ ywa、（kywa、），而 ကွ 再與短促母音 at 的符號 1（--တ်）結合後變成 ကွတ်。

以下表格列舉了幾個子音字母，請與雙子音符號 -ွ 及短促母音 at（符號 1）做結合，並練習發音。（子音字母與雙子音符號 -ွ 結合後，因無法再與短促母音 eik、oke 結合發音，本書暫不做練習。）

| | 雙子音符號 -ွ ＋符號 1（--တ်）<br>yw　＋　at |
|---|---|
| 發音<br>子音字母 | -ွတ်　ywat |
| က k | ကွတ် |
| ခ kh | ခွတ် |
| ဂ g | ဂွတ် |

同樣以 ကွ 為例，ကွ 再與短促母音 at 的符號 2（--ိ်）結合，變成 ကွိ်。

　　以下表格列舉了幾個子音字母，請與雙子音符號 ⣶ 及短促母音 at（符號 2）做結合，並練習發音。

| | 雙子音符號 ⣶＋符號 2（--ဉ်） yw ＋ at |
|---|---|
| 發音　　　　子音字母 | -⣶ဉ်　ywat |
| က k | ကျွဉ် |
| ခ kh | ချွဉ် |
| ဂ g | ဂျွဉ် |

## （六）雙子音符號 ⣩

　　⣩ 這個符號是以 ⣀ 及 ⣂ 兩種單子音符號結合而成。與雙子音符號 ⣶ 發音相同。

　　子音字母與雙子音符號 ⣩ 結合後，子音要加上 ywa、的音，例如：က 加上 ⣩ 變成 ကြ，唸 k＋ywa、（kywa、），而 ကြ 再與短促母音 at 的符號 1（--တ်）結合後變成 ကြွတ်。

　　以下表格列舉了幾個子音字母，請與雙子音符號 ⣩ 及短促母音 at（符號 1）做結合，並練習發音。（子音字母與雙子音符號 ⣩ 結合後，因無法再與短促母音 eik、oke 結合發音，本書暫不做練習。）

| | 雙子音符號 ⣩＋符號 1（--တ်） yw ＋ at |
|---|---|
| 發音　　　　子音字母 | ⣩တ်　ywat |
| က k | ကြွတ် |
| ခ kh | ခြွတ် |
| ပ p | ပြွတ် |

同樣以ကြွ為例，ကြွ再與短促母音 at 的符號 2（--ပ်）結合，變成ကြွပ်。

以下表格列舉了幾個子音字母，請與雙子音符號--ြွ及短促母音 at（符號 2）做結合，並練習發音。

| | 雙子音符號--ြွ＋符號 2（--ပ်）<br>yw ＋ at |
|---|---|
| 發音<br>子音字母 | --ြွပ်　ywat |
| က k | ကြွပ် |
| ခ kh | ခြွပ် |
| ပ p | ပြွပ် |

## （七）雙子音符號 --ျှ

--ျှ這個符號是以--ျ及--ှ兩種單子音符號結合而成。

子音字母與雙子音符號--ျှ結合後，子音要加上 yha、的音，例如：မ加上--ျှ變成မျှ，唸 m ＋ yha、（myha、），而မျှ再與短促母音 at 的符號 1（--တ်）結合後變成မျှတ်。

以下表格列舉了幾個子音字母，請與雙子音符號--ျှ及短促母音 at（符號 1）做結合，並練習發音。（子音字母與雙子音符號--ျှ結合後，因無法再與短促母音 eik、oke 結合發音，本書暫不做練習。）

| | 雙子音符號--ျှ＋符號 1（--တ်）<br>yh ＋ at |
|---|---|
| 發音<br>子音字母 | --ျှတ်　yhat |
| ပ p | ပျှတ် |

| | 雙子音符號 --ျ ＋符號1（--တ်） yh ＋ at |
|---|---|
| 發音<br>子音字母 | --ျတ် yhat |
| ဖ ph | ဖျတ် |
| ဗ b | ဗျတ် |
| မ m | မျတ် |
| လ l | လျတ် |

同樣以 ျ 為例，ျ 再與短促母音 at 的符號2（--င်）結合，變成 ျင်。

以下表格列舉了幾個子音字母，請與雙子音符號 --ျ 及短促母音 at（符號2）做結合，並練習發音。

| | 雙子音符號 --ျ ＋符號2（--င်） yh ＋ at |
|---|---|
| 發音<br>子音字母 | --ျင် yhat |
| ပ p | ပျင် |
| ဖ ph | ဖျင် |
| ဗ b | ဗျင် |

## （八）雙子音符號 --ွ

--ွ 這符號是以 --ွ 及 --ျ 兩種單子音符號結合而成。

子音字母與雙子音符號 --ွ 結合後要加上 wha、的音，例如：မ 加上 --ွ 變成 မွ，唸 m ＋ wha、（mwha、），而 မွ 再與短促母音 at 的符號1（--တ်）結合後變成 မွတ်。

　　以下表格列舉了幾個子音字母，請與雙子音符號 ္ွ 及短促母音 at（符號1）做結合，並練習發音。（子音字母與雙子音符號 ္ွ 結合後，因無法再與短促母音 eik、oke 結合發音，本書暫不做練習。）

| | 雙子音符號 ္ွ ＋符號1（--တ်）<br>wh　＋　at |
| --- | --- |
| 發音<br>子音字母 | ္ွ-တ်　what |
| မ m | မွတ် |
| ရ y | ရွတ် |
| လ l | လွတ် |

　　同樣以 မွ 為例，မွ 再與短促母音 at 的符號2（--င်）結合，變成 မွင်。

　　以下表格列舉了幾個子音字母，請與雙子音符號 ္ွ 及短促母音 at（符號2）做結合，並練習發音。

| | 雙子音符號 ္ွ ＋符號2（--င်）<br>wh　＋　at |
| --- | --- |
| 發音<br>子音字母 | ္ွ-င်　what |
| မ m | မွင် |
| ရ y | ရွင် |
| လ l | လွင် |

　　子音字母與（九）至（十一）之子音符號結合後（詳見本書 P. 9），因無法與短促母音 at、eik、oke（အတ်、အိတ်、အုတ်）再結合成為有意義的字，本書暫不做練習。

## 五、子音符號與短促母音at、eik、oke組合的單字及短句 ▶ MP3-16

1. ကျပ်             元（緬幣的單位）

2. ကျုပ်            我（鄉音）

3. အဖေ ဆေးရုံမှာ အလုပ်လုပ်တယ်။      爸爸在醫院工作。

4. ဈေးထဲမှာလူတွေပြွတ်သိပ်နေတာပဲ။      市場裡人們很擁擠。

5. အဆိပ်             毒

6. ပြတ်သား          果斷

7. ကြွပ်ကြွပ်လေး       脆脆的

8. ပြုတ်ကျ          掉落

9. ဖြုတ်ချ           拿下

10. ဖြတ်ပြစ်         割斷

11. ညီညွတ်          團結

12. အုပ်ချုပ်         管理

13. ဗိုလ်ချုပ်         軍官

14. အနှိပ်သည်        按摩師

15. ရေပိုက်ကိုကြွက်ကကိုက်ဖြတ်သွားတယ်။     老鼠把水管咬壞了！

16. ပဲပြုတ်သည်လာပြီလား။       賣豆子的來了嗎？

17. ဘဲဥပြုတ်ကြိုက်လား။        喜歡吃水煮鴨蛋嗎？

# 六、綜合測驗

請先唸出下列問句，再用緬甸語回答。

1. နေကောင်းလား။

2. တွေ့ ရတာဝမ်းသာပါတယ်။

3. စားပြီးပြီလား။

4. ဘယ်ကလာသလဲ။

5. ဘယ်ကိုသွားမလဲ။

6. မင်းနာမည်ဘယ်လိုခေါ်လဲ။

# 七、生活會話 ▶ MP3-17

## ◆「多少錢？」

A: ဒါဘယ်လောက်လဲ။           這個多少錢？

B: တစ်ထောင်ပါ။           一千元。

A: ဒီကားဘယ်လောက်လဲ။           這台車值多少錢？

B: သိန်းတစ်ရာပါ။           值一千萬元。

A: ဓာတ်ဆီဘယ်လောက်လဲ။           油價多少？

B: တစ်ဂါလံတစ်ထောင်ပါ။           一加侖一千元。

## ◆「多少距離？」

A: ဒီခရီးဘယ်လောက်ဝေးလဲ။           這個路途有多遠？

B: မိုင်-၄-ရာ ဝေးတယ်။           400 英哩。

## ◆「多少時間？」

A: ဓာတ်ပုံဆေးတာဘယ်လောက်ကြာမလဲ။           洗照片要多久？

B: တစ်ပတ်လောက်ကြာမယ်။           需要一個禮拜。

　　想要問某樣東西多少錢時，問句的結構為「名詞或代名詞＋
ဘယ်လောက်လဲ（多少）」，答句的結構為「答案＋單位＋句末助詞（ပါ、
တယ်、မယ်）」。若想要問多少時間或距離時，問句的結構為「名詞或動詞
＋ဘယ်လောက်（多少）＋形容詞＋လဲ」，答句的結構為「答案＋形容詞＋
句末助詞」。若對答案感到不確定時，則可用「答案＋လောက်（大約）＋形
容詞＋句末助詞」的結構回答。

# 文化常識　緬甸服裝的特色

　　常常聽說，緬甸是男男女女都穿裙子的國家，全國首長和人民都穿著夾腳拖鞋到處走，這到底是怎麼一回事呢？

　　在服裝方面，緬甸是一個將傳統文化保存得非常好的國家，在仰光和瓦城這些大城市裡，還有百分之八十的人穿著傳統服飾，無論男女，下身都穿著沙龍，也就是一種把整塊布縫製成一圈，然後套在下身的服飾，因此看起來很像裙子。而這種服飾看似差異不大，其實男女有別，總的來說，穿在下半身的傳統服飾，不分男女可統稱為「လုံချည်」，但若要細分，則會稱女生穿的為「ထဘီ」、男生穿的為「ပုဆိုး」；而且男女穿法不同，男生會把固定用的結綁在中間，女生則會把結綁在左邊或右邊。除了穿法不同，顏色也有所差別，男生穿的籠基以格子紋居多，也有一些顏色較深的素色，女生穿的顏色則較為鮮豔，花色非常多樣化。

　　上衣的部分，男生的傳統服飾為搭配前釦的無領長袖上衣，女生服飾的釦子位置較多樣化，有前釦、左釦、右釦和後釦，袖子皆為長袖，衣袖長而窄。

　　緬甸因位處熱帶地區，所以人們很少穿鞋襪，不論男女老少，不分貧賤富貴，任何場所都能看到緬甸人穿著拖鞋，連正式場合也不例外，只是在正式場合穿的鞋子，為黑色絨布製成的夾腳拖。

# 4

# 鼻音化母音an
（အန့်、အန်、အန်း）
的發音、單字及生活會話

✤ 學習目標

1. 鼻音化母音 an（အန့်、အန်、အန်း）的發音、符號及聲調

2. 練習 33 個子音字母與鼻音化母音 an 組合後的發音方式及其單
   字

3. 學習子音符號與鼻音化母音 an 組合後的發音方式及其單字

4. 會話練習：有關數量的問答

5. 文化常識：緬甸民族的組成

# 一、鼻音化母音an的聲調與符號

| 發音 | an ﹨ | anˇ | an ： |
|---|---|---|---|
| 符號 1 | --န့် | --န် | --န်း |
| 例如 | အန့် | အန် | အန်း |
| 符號 2 | --မ့် | --မ် | --မ်း |
| 例如 | အမ့် | အမ် | အမ်း |
| 符號 3 | --ံ့ | --ံ | |
| 例如 | အံ့ | အံ | |
| 備註 | （1）--က် 與 --န်、--မ်、--ံ 的發音相同，但極少看到這符號，例如：ဒက် ／ ဘက် ／ ဏက်。 | | |

　　緬甸語的聲調排列，以台灣的注音符號學習者來說，是以第四聲、第三聲及高音拉長音的方式呈現。鼻音化母音 an﹨ ／ anˇ ／ an：以三種符號出現：第一種為 --န့် ／ --န် ／ --န်း、第二種為 --မ့် ／ --မ် ／ --မ်း、第三種為 --ံ့ ／ --ံ。第三種符號沒有重音拉長音的寫法。

## 二、拼音練習 ▶ MP3-18

運用符號，將 33 個子音字母與鼻音化母音 an 的 3 個聲調（**အန့်**、**အန်**、**အန်း**）相結合。

| 子音字母 ＼ 符號 | 使用符號 1、2、3 的組合 | | |
|---|---|---|---|
| | --န့် / --မ့် / -ံ့<br>an ˋ | --န် / --မ် / -ံ<br>an ˇ | --န်း / --မ်း<br>an ： |
| က k | ကန့် / ကမ့် / ကံ့ | ကန် / ကမ် / ကံ | ကန်း / ကမ်း |
| ခ kh | ခန့် / ခမ့် / ခံ့ | ခန် / ခမ် / ခံ | ခန်း / ခမ်း |
| ဂ g | ဂန့် / ဂမ့် / ဂံ့ | ဂန် / ဂမ် / ဂံ | ဂန်း / ဂမ်း |
| င ng | ငန့် / ငမ့် / ငံ့ | ငန် / ငမ် / ငံ | ငန်း / ငမ်း |
| စ s | စန့် / စမ့် / စံ့ | စန် / စမ် / စံ | စန်း / စမ်း |
| ဆ s | ဆန့် / ဆမ့် / ဆံ့ | ဆန် / ဆမ် / ဆံ | ဆန်း / ဆမ်း |
| ဇ z | ဇန့် / ဇမ့် / ဇံ့ | ဇန် / ဇမ် / ဇံ | ဇန်း / ဇမ်း |
| စျ z | စျန့် / စျမ့် / - | စျန် / စျမ် / - | စျန်း / စျမ်း |
| ည ny | ညန့် / ညမ့် / ညံ့ | ညန် / ညမ် / ညံ / ဘာက် | ညန်း / ညမ်း |
| တ t | တန့် / တမ့် / တံ့ | တန် / တမ် / တံ | တန်း / တမ်း |
| ထ th | ထန့် / ထမ့် / ထံ့ | ထန် / ထမ် / ထံ | ထန်း / ထမ်း |
| ဒ d | ဒန့် / ဒမ့် / ဒံ့ | ဒန် / ဒမ် / ဒံ / ဒက် | ဒန်း / ဒမ်း |
| န n | နန့် / နမ့် / နံ့ | နန် / နမ် / နံ | နန်း / နမ်း |
| ပ p | ပန့် / ပမ့် / ပံ့ | ပန် / ပမ် / ပံ | ပန်း / ပမ်း |

| 符號<br>子音字母 | 使用符號 1、2、3 的組合 | | |
|---|---|---|---|
| | --န့် / --မ့် / ─ႋ<br>an ˋ | --န် / --မ် / ─ံ<br>an ˇ | --န်း / --မ်း<br>an ႒ |
| ဖ ph | ဖန့် / ဖမ့် / ဖ့ံ | ဖန် / ဖမ် / ဖံ | ဖန်း / ဖမ်း |
| ဗ b | ဗန့် / ဗမ့် / ဗ့ံ | ဗန် / ဗမ် / ဗံ | ဗန်း / ဗမ်း |
| ဘ b | ဘန့် / ဘမ့် / ဘ့ံ | ဘန် / ဘမ် / ဘံ / ဘက် | ဘန်း / ဘမ်း |
| မ m | မန့် / မမ့် / မ့ံ | မန် / မမ် / မံ | မန်း / မမ်း |
| ယ y | ယန့် / ယမ့် / ယ့ံ | ယန် / ယမ် / ယံ | ယန်း / ယမ်း |
| ရ y | ရန့် / ရမ့် / ရ့ံ | ရန် / ရမ် / ရံ | ရန်း / ရမ်း |
| လ l | လန့် / လမ့် / လ့ံ | လန် / လမ် / လံ | လန်း / လမ်း |
| ဝ w | ဝန့် / ဝမ့် / ဝ့ံ | ဝန် / ဝမ် / ဝံ | ဝန်း / ဝမ်း |
| သ tt | သန့် / သမ့် / သ့ံ | သန် / သမ် / သံ | သန်း / သမ်း |
| ဟ h | ဟန့် / ဟမ့် / ဟ့ံ | ဟန် / ဟမ် / ဟံ | ဟန်း / ဟမ်း |
| အ a | အန့် / အမ့် / အ့ံ | အန် / အမ် / အံ | အန်း / ဟမ်း |

# 三、鼻音化母音an的相關單字及短句 ▶ MP3-19

1. ဆန်　　　米

2. လမ်း　　　路

3. အလံ　　　旗

4. အံ့ဩ　　　驚訝

5. အသံ　　　聲音

6. ခဲတံ　　　鉛筆

7. ပေတံ　　　量尺

8. ခရမ်းသီး　　茄子

9. စည်းကမ်း　　規矩

10. တောလမ်း　　山路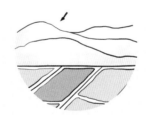

11. ရေကန်　　　水池

12. ရေနံ　　　汽油

13. ဆူညံ　　　吵鬧

14. အခန်း　　　房間

15. တန်းစီ　　　排隊

16. ငါးမဖမ်းရ။　　禁止抓魚。

17. ပန်းမခူးရ။　　禁止摘花。

18. တံငါနားနီးတံငါ　　物以類聚

# 四、拼音練習 ▶ MP3-20

將子音符號與鼻音化母音 an 的 3 個聲調（**အန့်**、**အန်**、**အန်း**）相結合。

## （一）單子音符號 ⊟

子音字母與單子音符號 ⊟ 結合後要加上，子音要加上 ya、的音，例如：**က** 加上 ⊟ 變成 **ကြ**，唸 k ＋ ya、（kya、），而 **ကြ** 再與 3 個聲調的符號 1（--**န့်**、--**န်**、--**န်း**）結合後變成 **ကြန့်**、**ကြန်**、**ကြန်း**。

以下表格列舉了幾個子音字母，請先與單子音符號 ⊟ 及鼻音化母音 an 的 3 個聲調（符號 1～3）做結合，並練習發音。

| 聲調<br>子音字母 | 單子音符號 ⊟ ＋符號 1～3<br>（--**န့်** / --**မ့်** / **-ႏ**、--**န်** / --**မ်** / **-ႏ**、--**န်း** / --**မ်း**）<br>y　＋　an | | |
|---|---|---|---|
| | ⊟**န့်** / ⊟**မ့်** / **⊟ႏ**<br>yan、 | ⊟**န်** / ⊟**မ်** / **⊟ႏ**<br>yan˘ | ⊟**န်း** / ⊟**မ်း**<br>yan： |
| **က** k | **ကြန့်** / **ကြမ့်** / **ကြ**ႏ | **ကြန်** / **ကြမ်** / **ကြ**ႏ | **ကြန်း** / **ကြမ်း** |
| **ခ** kh | **ခြန့်** / **ခြမ့်** / **ခြ**ႏ | **ခြန်** / **ခြမ်** / **ခြ**ႏ | **ခြန်း** / **ခြမ်း** |
| **ပ** p | **ပြန့်** / **ပြမ့်** / **ပြ**ႏ | **ပြန်** / **ပြမ်** / **ပြ**ႏ | **ပြန်း** / **ပြမ်း** |
| **ဖ** ph | **ဖြန့်** / **ဖြမ့်** / **ဖြ**ႏ | **ဖြန်** / **ဖြမ်** / **ဖြ**ႏ | **ဖြန်း** / **ဖြမ်း** |
| **ဗ** b | **ဗြန့်** / **ဗြမ့်** / **ဗြ**ႏ | **ဗြန်** / **ဗြမ်** / **ဗြ**ႏ | **ဗြန်း** / **ဗြမ်း** |
| **မ** m | **မြန့်** / **မြမ့်** / **မြ**ႏ | **မြန်** / **မြမ်** / **မြ**ႏ | **မြန်း** / **မြမ်း** |

## （二）單子音符號 ‑ျ

與 ‑ြ 同音，唸 ya丶。

子音字母與單子音符號 ‑ျ 結合後，子音要加上 ya丶 的音，例如：က 加上 ‑ျ 變成 ကျ，唸 k＋ya丶（kya丶），而 ကျ 再與 3 個聲調的符號 1（‑‑န့်、‑‑န်、‑‑န်း）結合後變成 ကျန့်、ကျန်、ကျန်း。

以下表格列舉了幾個子音字母，請先與單子音符號 ‑ျ 及鼻音化母音 an 的 3 個聲調（符號 1 〜 3）做結合，並練習發音。

| 子音字母　　　　　　聲調 | 單子音符號 ‑ျ ＋符號 1 〜 3 （‑‑န့် / ‑‑မ့် / ‑‑ံ့、‑‑န် / ‑‑မ်/‑‑ံ、‑‑န်း / ‑‑မ်း） y ＋ an | | |
|---|---|---|---|
| | ‑ျန့် / ‑ျမ့် / ‑ျံ့ yan丶 | ‑ျန် / ‑ျမ် / ‑ျံ yanˇ | ‑ျန်း / ‑ျမ်း yan：|
| က k | ကျန့် / ကျမ့် / ကျံ့ | ကျန် / ကျမ် / ကျံ | ကျန်း / ကျမ်း |
| ခ kh | ချန့် / ချမ့် / ချံ့ | ချန် / ချမ် / ချံ | ချန်း / ချမ်း |
| ဂ g | ဂျန့် / ဂျမ့် / ဂျံ့ | ဂျန် / ဂျမ် / ဂျံ | ဂျန်း / ဂျမ်း |
| ပ p | ပျန့် / ပျမ့် / ပျံ့ | ပျန် / ပျမ် / ပျံ | ပျန်း / ပျမ်း |
| ဖ ph | ဖျန့် / ဖျမ့် / ဖျံ့ | ဖျန် / ဖျမ် / ဖျံ | ဖျန်း / ဖျမ်း |
| ဗ b | ဗျန့် / ဗျမ့် / ဗျံ့ | ဗျန် / ဗျမ် / ဗျံ | ဗျန်း / ဗျမ်း |

## （三）單子音符號 ‑ွ

子音字母與單子音符號 ‑ွ 結合後後，子音要加上 wa丶 的音，例如：က 加上 ‑ွ 變成 ကွ，唸 k＋wa丶（kwa丶），而 ကွ 再與 3 個聲調的符號 1（‑‑န့်、‑‑န်、‑‑န်း）結合後變成 ကွန့်、ကွန်、ကွန်း。

以下表格列舉了幾個子音字母，請先與單子音符號 ‑ွ‑ 及鼻音化母音 an 的 3 個聲調（符號 1～3）做結合，並練習發音。

| 　 | 單子音符號 ‑ွ‑ ＋符號 1～3　( --ွန့် /--ွမ့်/-ွ်、 --ွန်/--ွမ်/-ွ် 、 --ွန်း/ --ွမ်း )　w ＋ an | | |
| --- | --- | --- | --- |
| 聲調　　　　　子音字母 | --ွန့် / --ွမ့် / -ွ်　wan、 | --ွန် / --ွမ် / -ွ်　wan˅ | --ွန်း / --ွမ်း　wan： |
| က k | ကွန့် / ကွမ့် / ကွ် | ကွန် / ကွမ် / - | ကွန်း / ကွမ်း |
| ခ kh | ခွန့် / ခွမ့် / - | ခွန် / ခွမ် / - | ခွန်း / ခွမ်း |
| ဂ g | ဂွန့် / ဂွမ့် / - | ဂွန် / ဂွမ် / - | ဂွန်း / ဂွမ်း |
| စ s | စွန့် / စွမ့် / - | စွန် / စွမ် / - | စွန်း / စွမ်း |
| ဆ s | ဆွန့် / ဆွမ့် / ဆွ် | ဆွန် / ဆွမ် / - | ဆွန်း / ဆွမ်း |
| ဇ z | ဇွန့် / ဇွမ့် / - | ဇွန် / ဇွမ် / - | ဇွန်း / ဇွမ်း |
| ည ny | ညွန့် / - / - | ညွန် / - / - | ညွန်း / - |
| တ t | တွန့် / တွမ့် / တွ် | တွန် / တွမ် / - | တွန်း / တွမ်း |
| ထ th | ထွန့် / ထွမ့် / - | ထွန် / ထွမ် / - | ထွန်း / ထွမ်း |
| ဒ d | ဒွန့် / ဒွမ့် / - | ဒွန် / ဒွမ် / - | ဒွန်း / ဒွမ်း |
| န n | နွန့် / နွမ့် / နွ့် | နွန် / နွမ် / နွ် | နွန်း / နွမ်း |
| ပ p | ပွန့် / ပွမ့် / - | ပွန် / ပွမ် / - | ပွန်း / ပွမ်း |
| ဖ ph | ဖွန့် / ဖွမ့် / - | ဖွန် / ဖွမ် / - | ဖွန်း / ဖွမ်း |
| ဗ b | ဗွန့် / ဗွမ့် / - | ဗွန် / ဗွမ် / - | ဗွန်း / ဗွမ်း |
| ဘ b | ဘွန့် / ဘွမ့် / - | ဘွန် / ဘွမ် / - | ဘွမ် / ဘွမ်း |
| မ m | မွန့် / မွမ့် / - | မွန် / မွမ် / - | မွန်း / မွမ်း |

| | 單子音符號 -- ＋符號 1～3 （--န့် /--မ့်/-ံ့ 、--န်/--မ်/-ံ 、--န်း/ --မ်း） w ＋ an | | |
|---|---|---|---|
| 聲調<br>子音字母 | --န့် / --မ့် / -ံ့<br>wan、 | --န့် / --မ့် / -ံ<br>wanˇ | --န်း / --မ်း<br>wan： |
| ဝ y | ယွန့် / ယွမ့် / - | ယွန် / ယွမ် / - | ယွန်း / ယွမ်း |
| ရ y | ရွန့် / ရွမ့် / - | ရွန် / ရွမ် / - | ရွန်း / ရွမ်း |
| လ l | လွန့် / လွမ့် / - | လွန် / လွမ် / - | လွန်း / လွမ်း |
| သ tt | သွန့် / သွမ့် / - | သွန် / သွမ်/- | သွန်း / သွမ်း |
| ဟ h | ဟွန့် / ဟွမ့် / - | ဟွန် / ဟွမ် / - | ဟွမ်း / ဟွမ်း |
| အ a | အွန့် / အွမ့် / - | အွန် / အွမ် / - | အွန်း / အွမ်း |

## （四）單子音符號 ႚ

　　子音字母與單子音符號 ႚ 結合後，子音要加上 ha、，例如：န 加上 ႚ 變成 ꧖，唸 n ＋ ha、（nha、），而 ꧖ 再與 3 個聲調的符號 1（--န့်、--န်、--န်း）結合後變成 နန့်、နန်、နန်း。

　　以下表格列舉了幾個子音字母，請先與單子音符號 ႚ 及鼻音化母音 an（符號 1～3）做結合，並練習發音。

| | 單子音符號 -- ＋符號 1～3 （--န့် /--မ့်/-ံ့ 、--န်/--မ်/-ံ 、--န်း/--မ်း） h ＋ an | | |
|---|---|---|---|
| 聲調<br>子音字母 | --န့် / --မ့် / -ံ့<br>ha、 | --န် / --မ် / -ံ<br>haˇ | --န်း / --မ်း<br>ha： |
| ꧖ n | နန့် / နမ့် / နံ့ | နန် / နမ် / နံ | နန်း / နမ်း |
| မ m | မန့် / မမ့် / - | မန် / - / - | မန်း / - |

| | 單子音符號 -- ＋符號 1～3 （--န့ / --မ့ / --ႆ、--န် / --မ် / --ႆ、--နႆး / --မႆး） h ＋ an | | |
|---|---|---|---|
| 聲調<br>子音字母 | --န့ / --မ့ / --ႆ<br>ha、 | --န် / --မ် / --ႆ<br>ha˘ | --နႆး / --မႆး<br>ha：|
| ရ y | ရှန့် / ရှမ့် / - | ရှန် / ရှမ် / ရှံ | ရှန်း / ရှမ်း |
| လ l | လှန့် / လှမ့် / - | လှန် / လှမ် / လှံ | လှန်း / လှမ်း |

## （五）雙子音符號 -ျ

-ျ 這個符號是以 -ြ 及 -ွ 兩種單子音符號結合而成。

子音字母與單子音符號 -ျ 結合後，子音要加上 ywa、 的音，例如：က 加上 -ျ 變成 ကျ，唸 k ＋ ywa（kywa、），而 ကျ 再與 3 個聲調的符號 1（--န့、--န်、--နႆး）結合後變成 ကျန့်、ကျန်、ကျန်း。

以下表格列舉了幾個子音字母，請先與雙子音符號 -ျ 及鼻音化母音 an（符號 1～2）做結合，並練習發音。（此雙子音符號無法與符號 3 作結合。）

| | 雙子音符號 -ျ ＋符號 1～2 （--န့ / --မ့、--န် / --မ်、--နႆး / --မႆး） y ＋ w ＋ an | | |
|---|---|---|---|
| 聲調<br>子音字母 | -ျန့် / -ျမ့်<br>ywan、 | -ျန် / -ျမ်<br>ywan˘ | -ျန်း / -ျမ်း<br>ywan：|
| က k | ကျန့် / ကျမ့် | ကျန် / ကျမ် | ကျန်း / ကျမ်း |
| ခ kh | ချန့် / ချမ့် | ချန် / ချမ် | ချန်း / ချမ်း |
| ဂ g | ဂျန့် / ဂျမ့် | ဂျန် / ဂျမ် | ဂျန်း / ဂျမ်း |

## （六）雙子音符號 ြ

ြ 這個符號是以 ြ 及 ◌ွ 兩種單子音符號結合而成。與雙子音符號 ◌ျ 發音相同。

子音字母與雙子音符號 ြ 結合後，子音要加上 ywa、 的音，例如：က 加上 ြ 變成 ကြ，唸 k＋ywa、（kywa、），而 ကြ 再與 3 個聲調的符號 1（--န့်、--န်、--န်း）結合後變成 ကြန့်、ကြန်、ကြန်း。

以下表格列舉了幾個子音字母，請先與雙子音符號 ြ 及鼻音化母音 an（符號 1 ～ 2）做結合，並練習發音。（此雙子音符號無法與符號 3 結合。）

| | 雙子音符號 ြ ＋符號 1 ～ 2（--န့် / --ံ့、--န် / --ံ、--န်း / --ံး）y ＋ w ＋ an | | |
|---|---|---|---|
| 聲調<br>子音字母 | ြန့် / ြံ့<br>ywan、 | ြန် / ြံ<br>ywan ˇ | ြန်း / ြံး<br>ywan ： |
| က k | ကြန့် / ကြံ့ | ကြန် / ကြံ | ကြန်း / ကြံး |
| ခ kh | ခြန့် / ခြံ့ | ခြန် / ခြံ | ခြန်း / ခြံး |
| ပ p | ပြန့် / ပြံ့ | ပြန် / ပြံ | ပြန်း / ပြံး |

## （七）雙子音符號 ◌ျှ

◌ျှ 這個符號是以 ◌ျ 及 ◌ှ 兩種單子音符號結合而成。

子音字母與雙子音符號 ◌ျှ 結合後，子音要加上 yha、 的音，例如：လ 加上 ◌ျှ 變成 လျှ，唸 l＋yha、（lyha、），而 လျှ 再與 3 個聲調的符號 1（--န့်、--န်、--န်း）結合後變成 လျှန့်、လျှန်、လျှန်း。

以下表格列舉了幾個子音字母，請先與雙子音符號 ◌ျှ 及鼻音化母音 an（符號 1 ～ 2）做結合，並練習發音。（此雙子音符號無法與符號 3 作結合。）

| 子音字母 \ 聲調 | 雙子音符號 ◌ျ ＋符號 1～2 （◌ျန့ / ◌ျမ့ 、◌ျန် / ◌ျမ် 、◌ျန်း / ◌ျမ်း） y ＋ h ＋ an | | |
|---|---|---|---|
| | ◌ျန့ / ◌ျမ့ <br> yhan ˋ | ◌ျန် / ◌ျမ် <br> yhan ˇ | ◌ျန်း / ◌ျမ်း <br> yhan ： |
| လ l | လျှန့ / လျှမ့ | လျှန် / လျှမ် | လျှန်း / လျှမ်း |
| သ tt | သျှန့ / သျှမ့ | သျှန် / သျှမ် | သျှန်း / သျှမ်း |

　　子音字母與（八）至（十一）之子音符號結合後（詳見本書 P. 9），因無法與鼻音化母音 an（အန့ 、အန်、အန်း）再結合成為有意義的字，本書暫不做練習。

# 五、子音符號與鼻音化母音an組合的單字 及短句 ▶MP3-21

1. နှမ်း       芝麻

2. ခြံ        院子

3. ကြံ့       犀牛

4. ကြံ        甘蔗

5. လှံ        劍

6. ချမ်းလိုက်တာ။   好冷喔！

7. ကျွန် တော်    我（說話者為男性）

8. ကျွန် မ      我（說話者為女性）

9. ကျွန်းသား     檜木

10. ဝါးခြမ်းပြား    竹片

11. အမြန်ကား     快車

12. မှန်မှန်ကန်ကန်   正確

13. စောစောပြန်လာပါ။   早點回來吧！

14. ဆွံ့ အနားမကြား   聾啞人士

15. အကြံဉာဏ်ပေးပါ။   給建議吧！

16. မိုးပျံဘောလုံး    氣球

17. ဟင်းကျန်ထမင်းကျန်အရမ်းမပြစ်ရ။   不可亂丟剩菜剩飯。

## 六、綜合測驗

請先唸出下列答句，再用緬甸語反推出適當的問句。

1. နေကောင်းပါတယ်။

2. မစားရသေးဘူး။

3. စားပြီးပြီ။

4. ရန်ကုန်ကလာတယ်။

5. နေပြည်တော်ကိုသွားမယ်။

6. ကျွန်တော့်နာမည်မောင်ရဲအောင်ပါ။

# 七、生活會話 ▶ MP3-22

## ◆「今天幾號？」

A: ဒီနေ့ ဘယ်န (နှစ်) ရက်နေ့ လဲ။　　　今天幾號？

B: ဒီနေ့ -၂- ရက်နေ့ ပါ။　　　今天 2 號。

## ◆「是幾年出生的？」

A: ညီမဘယ်န (နှစ်) ခုနှစ်မွေးလဲ။　　　妹妹是幾年出生的？

B: ကျွန်မ၁၉၇၄-ခုနှစ်မှာမွေးပါတယ်။　　　我在 1974 年出生。

## ◆「有幾個小孩？」

A: အမ၊ကလေးဘယ်န (နှစ်) ယောက်ရှိလဲ။　　　姐姐有幾個小孩？

B: ကျွန်မမှာကလေး-၃-ယောက်ရှိပါတယ်။　　　我有 3 個小孩。

## ◆「要幾杯奶茶？」

A: လက်ဖက်ရည်ဘယ်န (နှစ်) ခွက်လဲ။　　　要幾杯奶茶？

B: လက်ဖက်ရည်-၅-ခွက်ပေးပါ။　　　請給我 5 杯奶茶。

◆「幾天？」

A: တစ်ပတ်မှာဘယ်နှ (နှစ်) ရက်ရှိလဲ။　　　　一週有幾天？

B: တစ်ပတ်မှာ -၇- ရက်ရှိပါတယ်။　　　　一週有 7 天。


◆「幾個小時？」

A: တစ်ရက်မှာဘယ်နှ (နှစ်) နာရီရှိလဲ။　　　　一天有幾個小時？

B: တစ်ရက်မှာ -၂၄- နာရီရှိပါတယ်။　　　　一天有 24 個小時。


　　想要問多少數量時，問句的結構為「名詞或代名詞 +ဘယ်နှ(နှစ်)（多少）＋ 單位 ＋ 句末助詞 လဲ」，答句的結構為「名詞或代名詞 ＋ 數字 ＋ 單位 ＋ 句末助詞」。其中，答句的句末助詞依時態不同，需用 ပါ 或 ပါတယ်，ပါ 用於當下正在發生的事情；ပါတယ် 用於常態性的狀況，使用時前面一定要加上動詞。

　　以上對話中出現的單位有 ရက်、ရက်နေ့（天、號）、ရက်（幾天）、ရက်နေ့（幾號）、ယောက်（位）、ခုနှစ်（年份）、ခွက်（杯）、နာရီ（小時）。動詞有 ရှိ（有）、မွေး（出生）、ပေး（給）。

# 文化常識　緬甸民族的組成

緬甸是一個多民族的國家，少數民族多達 135 個，其中以八大民族為主，分別為 **ကချင်** 克欽族、**ကယား** 克椰族、**ကရင်** 克倫族、**ချင်း** 欽族、**မွန်** 夢族、**မြန်မာ** 緬族、**ရခိုင်** 若開族、**ရှမ်း** 撣族。

克欽族主要居住在緬甸北部高山林密的克欽邦，克欽族的村落多在海拔 1500-2000 米的高山上，房屋上層住人、下層圈養禽畜，傳統服飾也很特別，通常是以紅色及黑色為主，服裝上有許多的銀飾品，走動時或歌舞時會有銀飾和銀飾之間撞擊的聲音。

克椰族、克倫族大多居住在緬甸南部，兩族生活習慣大致雷同。克倫族的服裝與緬族基本上相同，較偏好紅色、白色、黑色。

欽族大多居住在緬甸西部叢林密布的欽邦、欽山山脈一帶。欽族有自己的文字，但使用範圍很小。

夢族是緬甸最古老的民族之一，世居緬甸南部一帶。夢族的古代文化，包含文字繪畫、音樂舞蹈、建築雕刻等，對緬甸主流的緬族文化有深刻的影響，例如現今被廣泛使用、圓圓的緬甸文字，就是源自於古代的夢族文字。

緬族是緬甸的主要民族，緬人散居於緬甸全境，但主要居住在伊洛瓦底江中下游地區。人口佔全緬甸的百分之六十。緬族的食衣住行都深受夢族文化的影響。

若開族居住在靠近孟加拉灣的若開邦，因地處沿海，該族人的生活習慣及性格明顯有著孟加拉水手和印度水手的特徵。

撣族大多居住在緬甸東部的撣邦，與中國的傣族同源。撣族男生一般身穿燈籠長褲，有紋身的習慣，且喜歡佩戴砍刀。

# MEMO

# 鼻音化母音ein
（ အိန့် 、 အိန် 、 အိန်း ）
# 的發音、單字及生活會話

## 學習目標

1. 鼻音化母音 ein（အိန့်、အိန်、အိန်း）的發音、符號及聲調

2. 練習 33 個子音字母與鼻音化母音 ein 組合後的發音方式及其單字

3. 學習子音符號與鼻音化母音 ein 組合後的發音方式及其單字

4. 會話練習：比較級的說法

5. 文化常識：緬甸的傳統節慶

# 一、鼻音化母音ein的聲調與符號

| 發音 | ein、 | einˇ | ein： |
|---|---|---|---|
| 符號 1 | ုၢ် | ုၢ် | ုၢ်း |
| 例如 | အိၢ် | အိၢ် | အိၢ်း |
| 符號 2 | ုိမ့် | ုိမ် | ုိမ်း |
| 例如 | အိမ့် | အိမ် | အိမ်း |

　　緬甸語的聲調排列，以台灣的注音符號學習者來說，是以第四聲、第三聲及高音拉長音的方式呈現。鼻音化母音 ein、 / einˇ / ein：以兩種符號出現：第一種為 ုၢ် / ုၢ် / ုၢ်း、第二種為 ုိမ့် / ုိမ် / ုိမ်း。此母音是結合了基本母音 i 的符號 ုိ 及鼻音化母音 an 的符號 --ၢ်，是一個雙母音。

## 二、拼音練習 ▶ MP3-23

運用符號，將 33 個子音字母與鼻音化母音 ein 的 3 個聲調（အိန့်、အိန်、အိန်း）相結合。

| 符號<br>子音字母 | 使用符號 1、2 的組合 | | |
|---|---|---|---|
| | ◌ိန့် / ◌ိမ့် ein、 | ◌ိန် / ◌ိမ် ein˅ | ◌ိန်း / ◌ိမ်း ein: |
| က k | ကိန့် / ကိမ့် | ကိန် / ကိမ် | ကိန်း / ကိမ်း |
| ခ kh | ခိန့် / ခိမ့် | ခိန် / ခိမ် | ခိန်း / ခိမ်း |
| ဂ g | ဂိန့် / ဂိမ့် | ဂိန် / ဂိမ် | ဂိန်း / ဂိမ်း |
| စ s | စိန့် / စိမ့် | စိန် / စိမ် | စိန်း / စိမ်း |
| ဆ s | ဆိန့် / ဆိမ့် | ဆိန် / ဆိမ် | ဆိန်း / ဆိမ်း |
| ဇ z | ဇိန့် / ဇိမ့် | ဇိန် / ဇိမ် | ဇိန်း / ဇိမ်း |
| ည ny | ညိန့် / ညိမ့် | ညိန် / ညိမ် | ညိန်း / ညိမ်း |
| တ t | တိန့် / တိမ့် | တိန် / တိမ် | တိန်း / တိမ်း |
| ထ th | ထိန့် / ထိမ့် | ထိန် / ထိမ် | ထိန်း / ထိမ်း |
| ဒ d | ဒိန့် / ဒိမ့် | ဒိန် / ဒိမ် | ဒိန်း / ဒိမ်း |
| န n | နိန့် / နိမ့် | နိန် / နိမ် | နိန်း / နိမ်း |
| ပ p | ပိန့် / ပိမ့် | ပိန် / ပိမ် | ပိန်း / ပိမ်း |
| ဖ ph | ဖိန့် / ဖိမ့် | ဖိန် / ဖိမ် | ဖိန်း / ဖိမ်း |
| ဗ b | ဗိန့် / ဗိမ့် | ဗိန် / ဗိမ် | ဗိန်း / ဗိမ်း |
| ဘ b | ဘိန့် / ဘိမ့် | ဘိန် / ဘိမ် | ဘိန်း / ဘိမ်း |

| 符號<br>子音字母 | 使用符號 1、2 的組合 | | |
|---|---|---|---|
| | ◌ွ န့ / ◌ွ မ့　ein丶 | ◌ွ န် / ◌ွ မ်　ein˅ | ◌ွ န်း / ◌ွ မ်း　ein：|
| မ m | မိန့် / မိမ့် | မိန် / မိမ် | မိန်း / မိမ်း |
| ယ y | ယိန့် / ယိမ့် | ယိန် / ယိမ် | ယိန်း / ယိမ်း |
| ရ y | ရိန့် / ရိမ့် | ရိန် / ရိမ် | ရိန်း / ရိမ်း |
| လ l | လိန့် / လိမ့် | လိန် / လိမ် | လိန်း / လိမ်း |
| ဝ o | ဝိန့် / ဝိမ့် | ဝိန် / ဝိမ် | ဝိန်း / ဝိမ်း |
| သ tt | သိန့် / သိမ့် | သိန် / သိမ် | သိန်း / သိမ်း |
| ဟ h | ဟိန့် / ဟိမ့် | ဟိန် / ဟိမ် | ဟိန်း / ဟိမ်း |
| အ a | အိန့် / အိမ့် | အိန် / အိမ် | အိန်း / အိမ်း |

# 三、鼻音化母音ein的相關單字及短句 ▶MP3-24

1. အိမ်　　房子

2. တိမ်　　雲

3. စိန်　　　鑽石

4. ပိန် ချင် တယ်။　　　想要瘦。

5. အစိမ်းရောင်　　綠色

6. တစ်သိန်း　　十萬

7. အချိန်　　時間

8. လူလိမ်　　騙子

9. အနိမ့်　　低的

10. ထိန်းသိမ်း　　維護

11. မိန်းကလေး　　女生

12. ထိန်လင်း　　光亮

13. မစိုးရိမ်ပါနဲ့။　　別擔心。

14. သနပ်ခါးလိမ်းသည်။　　抹香木粉。

15. မီညိမ်းသွားပြီ။　　火熄滅了。

16. စိန်ခေါ်ရင်တိမ်ပေါ်ထိလိုက်မယ်။　　你向我挑戰，我一定奉陪到底！

# 四、拼音練習 ▶ MP3-25

將子音符號與鼻音化母音 ein 的 3 個聲調（အိန့်、အိန်、အိန်း）相結合。

## （一）單子音符號 ⊡

子音字母與單子音符號 ⊡ 結合後，子音要加上 ya、的音，例如：က 加上 ⊡ 變成 ကျ，唸 k＋ya、（kya、），而 ကျ 再與 3 個聲調的符號 1（ဲ◌န့်、ဲ◌န်、ဲ◌န်း）結合後變成 ကျိန့်、ကျိန်、ကျိန်း。

以下表格列舉了幾個子音字母，請先與單子音符號 ⊡ 及鼻音化母音 ein 的 3 個聲調（符號 1 ～ 2）做結合，並練習發音。

| 子音字母 \ 聲調 | 單子音符號 ⊡ ＋符號 1 ～ 2 (ဲ◌န့် / ဲ◌မ့်、ဲ◌န် / ဲ◌မ်、ဲ◌န်း / ဲ◌မ်း) y ＋ ein |||
|---|---|---|---|
| | ⊡န့် / ⊡မ့် <br> yein、 | ⊡န် / ⊡မ် <br> yein˘ | ⊡န်း / ⊡မ်း <br> yein : |
| က k | ကျိန့် / ကျိမ့် | ကျိန် / ကျိမ် | ကျိန်း / ကျိမ်း |
| ခ kh | ချိန့် / ချိမ့် | ချိန် / ချိမ် | ချိန်း / ချိမ်း |
| င ng | ငျိန့် / ငျိမ့် | ငျိန် / ငျိမ် | ငျိန်း / ငျိမ်း |
| ဗ m | မျိန့် / မျိမ့် | မျိန် / မျိမ် | မျိန်း / မျိမ်း |

## （二）單子音符號 --ျ

與 --ြ 同音，唸 ya、。

子音字母與單子音符號 --ျ 結合後，子音要加上 ya、 的音，例如：က 加上 --ျ 變成 ကျ，唸 k ＋ ya、（kya、），而 ကျ 再與 3 個聲調的符號 1（--ိန့်、--ိန်、--ိန်း）結合後變成 ကျိန့်、ကျိန်、ကျိန်း。

以下表格列舉了幾個子音字母，請先與單子音符號 --ျ 及鼻音化母音 ein 的 3 個聲調（符號 1 ～ 2）做結合，並練習發音。

| 子音字母＼聲調 | 單子音符號 --ျ ＋符號 1 ～ 2 （--ိန့် / --ိမ့်、--ိန် / --ိမ်、--ိန်း / --ိမ်း） y ＋ ein | | |
| --- | --- | --- | --- |
| | --ျိန့် / --ျိမ့် yein、 | --ျိန် / --ျိမ် yein˘ | --ျိန်း / --ျိမ်း yein： |
| က k | ကျိန့် / ကျိမ့် | ကျိန် / ကျိမ် | ကျိန်း / ကျိမ်း |
| ခ kh | ချိန့် / ချိမ့် | ချိန် / ချိမ် | ချိန်း / ချိမ်း |
| ဂ g | ဂျိန့် / ဂျိမ့် | ဂျိန် / ဂျိမ် | ဂျိန်း / ဂျိမ်း |
| ပ p | ပျိန့် / ပျိမ့် | ပျိန် / ပျိမ် | ပျိန်း / ပျိမ်း |
| ဖ ph | ဖျိန့် / ဖျိမ့် | ဖျိန် / ဖျိမ် | ဖျိန်း / ဖျိမ်း |
| ဗ b | ဗျိန့် / ဗျိမ့် | ဗျိန် / ဗျိမ် | ဗျိန်း / ဗျိမ်း |

# （四）單子音符號 ှ

子音字母與單子音符號 ှ 結合後，子音加上要 ha、，例如：ပ 加上 ှ 變成 ဖ，唸 m＋ha、（mha、），而 ဖ 再與 3 個聲調的符號 1（ ိ န့ ်、 ိ န် ၊ ိ န်း）結合後變成 မှိန့ ်、မှိန် ၊ မှိန်း。

以下表格列舉了幾個子音字母，請先與單子音符號 ှ 及鼻音化母音 ein（符號 1 ～ 2）做結合，並練習發音。

| 聲調<br>子音字母 | 單子音符號 ှ ＋符號 1 ～ 2<br>（ ိ န့ ် / ိ မ့ ် 、 ိ န် / ိ မ် 、 ိ န်း / ိ မ်း）<br>h ＋ ein | | |
| --- | --- | --- | --- |
| | ိ န့ ် / ိ မ့ ်<br>hein、 | ိ န် / ိ မ်<br>heinˇ | ိ န်း / ိ မ်း<br>hein ： |
| ည ny | ညှိန့ ် / ညှိမ့ ် | ညှိန် / ညှိမ် | ညှိန်း / ညှိမ်း |
| န n | နှိန့ ် / နှိမ့ ် | နှိန် / နှိမ် | နှိန်း / နှိမ်း |
| ပ m | မှိန့ ် / မှိမ့ ် | မှိန် / မှိမ် | မှိန်း / မှိမ်း |
| ရ y | ရှိန့ ် / ရှိမ့ ် | ရှိန် / ရှိမ် | ရှိန်း / ရှိမ်း |
| လ l | လှိန့ ် / လှိမ့ ် | လှိန် / လှိမ် | လှိန်း / လှိမ်း |

子音字母與（三）、（八）至（十一）之子音符號結合後（詳見本書 P. 9），因無法與鼻音化母音 ein 的 3 個聲調（အိန့ ်、အိန် ၊ အိန်း）再結合成為有意義的字，本書暫不做練習。

## 五、子音符號與鼻音化母音ein組合的單字及短句 ▶ MP3-26

1. ကြိမ်တုတ်      藤條

2. မျက်စိကျိန်းနေပြီ။      眼睛長針眼。

3. ကြိမ်ခြင်း      藤製籃子

4. ကြိမ်းမောင်း      責備

5. ချိန်ခွင်      傳統秤

6. မိုးချိမ်းနေပြီ။      打雷了。

7. သူငယ်ချင်းနဲ့ ရုပ်ရှင်ကြည့်ဖို့ ချိန်းထားတယ်။      跟朋友約好去看電影。

8. ကလေးကိုမခြိမ်းခြောက်ပါနဲ့ ။      不要恐嚇小孩。

9. အချိန်ရှိသေးလား။      還有時間嗎？

10. မီးမှိန်နေတယ်။      燈光不亮。

11. ဒီနေ့ အပူရှိန် မြင့်တယ်။      今天溫度很高。

12. ဒါမြင့် တယ် နိမ့် ပေးပါအုံး။      這很高幫我降低點。

13. ကလေးဘီးကိုလှိမ့် ပြီးဆော့ နေတယ်။      小孩子在滾著輪胎玩。

14. အရှိန်ရအောင်ဘီးကိုလှိမ့်။      為了加快速度而滾動輪胎。

15. ကားကိုအရှိန်လျှော့ မောင်းပါ။      請降低速度開車。

16. ငြိမ်းချမ်းရေး      和平

# 六、綜合測驗

請先唸出下列問句，再用緬甸語回答。

1. ဘယ်နေ့ တုန်းက ရောက်သလဲ။

2. ဘယ်နေ့ လာမလဲ။

3. ဒါဘယ်လောက်လဲ။

4. ဒီကားဘယ်လောက်လဲ။

5. ဆတ်ဆီဘယ်လောက်လဲ။

6. ဓါတ်ပုံဆေးတာဘယ်လောက်ကြာမလဲ။

7. တစ်ပတ်မှာ ဘယ်န (နှစ်) ရက်ရှိလဲ။

8. တစ်ရက်မှာ ဘယ်န (နှစ်) နာရီရှိလဲ။

# 七、生活會話 ▶MP3-27

## ◆「好、比較好、最好」

A: ဘယ်ဟာကောင်းလဲ။ 哪一個好？

B: ဒါကောင်းတယ်။ 這個好。

A: ဘယ်ဟာပိုကောင်းလဲ။ 哪一個比較好？

B: ဒီဟာပိုကောင်းတယ်။ 這個比較好。

A: ဘယ်ဟာအကောင်းဆုံးလဲ။ 哪一個最好？

B: အဲ့ဒါအကောင်းဆုံးပဲ။ 這個最好。

## ◆「甜、比較甜、最甜」

A: ဘယ်သစ်သီးချိုလဲ။ 哪一個水果甜？

B: သရက်သီးချိုတယ်။ 芒果甜。

A: ဘယ်သစ်သီးပိုချိုလဲ။ 哪一個水果比較甜？

B: သရက်သီးပိုချိုတယ်။ 芒果比較甜。

A: ဘယ်သစ်သီးအချိုဆုံးလဲ။ 哪一個水果最甜？

B: သရက်သီးအချိုဆုံးပဲ။ 芒果最甜。

　　想要問「哪一個」時，問句的結構為「ဘယ်＋名詞（想要問的東西名稱）／代名詞ဟာ＋形容詞＋句末助詞လဲ」，答句的結構為「答案（名詞）＋形容詞＋တယ်」。

　　想要問哪一個比較好時，問句的結構為「ဘယ်＋名詞（想要問的東西名稱）＋ပို（更）＋形容詞＋句末助詞လဲ」，答句的結構為「答案（名詞）＋ပို＋形容詞＋တယ်」。

　　想要問哪一個最好時，問句的結構為「ဘယ်＋名詞（想要問的東西名稱）＋語助詞အ＋形容詞＋ဆုံး（最）＋句末助詞လဲ」，答句的結構為「答案（名詞）＋အ＋形容詞＋ဆုံး＋ပဲ」。

# 文化常識　緬甸的傳統節慶

緬甸是一個佛教國家，大部分的傳統節慶都與宗教息息相關，以下為緬甸在十二個月當中的傳統節慶：

| 緬曆 | 新曆 | 節慶名稱 |
|---|---|---|
| တန်ခူးလ<br>一月 | 四月 | **သင်္ကြန်ပွဲ**（新年潑水節）<br>潑水節是緬甸的新年，是緬甸主要民族的傳統節慶。新舊年的交替，時逢季節酷熱，用水來降溫洗掉舊年的污漬。 |
| ကဆုန်လ<br>二月 | 五月 | **ညောင်ရေသွန်းပွဲ**（浴佛節）<br>這個月在緬甸最熱最缺水，因佛祖在菩提樹下誕生，人們都會提水來，為菩提樹澆水。 |
| နယုန်လ<br>三月 | 六月 | **စာပြန်ပွဲ**（考經節）<br>緬甸是以佛教為主的國家，自古以來帝王把弘揚佛法視為一件重要的傳承工作，故舉辦考經來選拔優秀的僧侶以弘揚佛法。 |
| ဝါဆိုလ<br>四月 | 七月 | **ဝါဆိုပွဲ**（結夏節或安居節）<br>年滿 20 歲的緬甸男生會選在每年的這個時候出家當和尚，並從這個月起的三個月內，都在寺廟頌經唸佛不外出。人民則會佈施食物及袈裟給僧侶。此時也是佛教徒舉辦成年禮的季節。 |
| ဝါခေါင်လ<br>五月 | 八月 | **စာရေးတံမဲပွဲ**（抽籤佈施節）<br>抽籤佈施節時，施主會用抽竹籤的方式選出僧侶，並將自己所抽中的僧侶請到家中施齋，或將齋食送入廟中，捐用品給僧侶。 |
| တော်သလင်းလ<br>六月 | 九月 | **လှေပြိုင်ပွဲ**（賽船節）<br>這個季節天空晴朗、風平浪靜，人們會在緬甸最長的伊洛瓦底江舉辦划船比賽。 |

| 緬曆 | 新曆 | 節慶名稱 |
|---|---|---|
| သီတင်းကျွတ်လ<br>七月 | 十月 | **မီးထွန်းပွဲ**（點燈節、解夏節、解安居節）<br>這個月適逢佛祖完成講經三個月，將從天庭返回人間，家家戶戶掛燈籠、放水燈，並在家門口及寺廟前點燈為佛祖照明，好讓佛祖方便返回人間，給世人祈福。此時，人們也要去佛寺拜佛，年輕人要準備禮物向長者敬拜。 |
| တန်ဆောင်မုန်းလ<br>八月 | 十一月 | **ကထိန်ပွဲ**（光明節）<br>光明節是延續點燈節的活動，於緬曆七月中旬至八月中旬期間，善男信女會向僧侶敬獻袈裟、點燈迎佛，舉辦各種娛樂活動。其中，在緬甸東支舉辦的光明節活動最為著名。 |
| နတ်တော်လ<br>九月 | 十二月 | **စာဆိုပွဲ**（文學節）<br>在古代，文學節又稱為作家節，會在這個月選拔優秀的作家並授予頭銜。近代則邀請優秀作家在本月舉辦演講。 |
| ပြာသိုလ<br>十月 | 一月 | **မြင်းခင်းသဘင်ပွဲ**（馬術表演節）<br>古代國王時期的將軍們會著軍裝、騎賽馬出征，所以選在這個月比賽馬術。近代已較少舉辦這樣的節慶。 |
| တပို့တွဲလ<br>十一月 | 二月 | **ထမနဲပွဲ**（糯糊節）<br>這個月在緬甸是天氣最冷的時候，因此人們堆柴升火，讓佛祖取暖，同時人們也會將糯米煮熟搗碎，做成佛塔造型佈施。 |
| တပေါင်းလ<br>十二月 | 三月 | **သဲပုံစေတီပွဲ**（沙塔節）<br>這個月河床乾枯，白紗露出水面，人們利用白紗堆成塔狀，插上幡旗佈施、祈禱。 |

# 鼻音化母音oung
# （အုန့်、အုန်、အုန်း）
# 的發音、單字及生活會話

★ 學習目標

1. 鼻音化母音 oung（အုန့်、အုန်、အုန်း）的發音、符號及聲調

2. 練習 33 個子音字母與鼻音化母音 oung 組合後的發音方式及
   其單字

3. 學習子音符號與鼻音化母音 oung 組合後的發音方式及其單字

4. 會話練習：有關「誰」的問答

5. 文化常識：緬甸的潑水節

# 一、鼻音化母音oung的聲調與符號

| 發音 | oung丶 | oungˇ | oung： |
|---|---|---|---|
| 符號 1 | --ိ်န့ | --ိ်န် | --ိ်န်း |
| 例如 | အုန့် | အုန် | အုန်း |
| 符號 2 | --ုံ့ | --ုံ | --ုံး |
| 例如 | အုမ့် | အုမ် | အုမ်း |
| 符號 3 | --ုံ့ | --ုံ | --ုံး |
| 例如 | အုံ့ | အုံ | အုံး |
| 備註 | （1）ကံ 和 န့်、ုံ、-ုံ 的發音相同，但極少看到 ကံ 這個符號 | | |

　　緬甸語的聲調排列，以台灣的注音符號學習者來説，是以第四聲、第三聲及高音拉長音的方式呈現。鼻音化母音 oung丶 / oungˇ / oung：以三種符號出現：第一種為 --ိ်န့ / --ိ်န် / --ိ်န်း、第二種為 --ုံ့ / --ုံ / --ုံး、第三種符號為 -ုံ့ / -ုံ / -ုံး。此母音結合了基本母音 u 的符號 --ု 及鼻音化母音 an 的符號 --ိ်န့，是一個雙母音。

# 二、拼音練習 ▶ MP3-28

運用符號，將 33 個子音字母與鼻音化母音 oung 的 3 個聲調（အုန့်、အုန်、အုန်း）相結合。

| 子音字母　　　符號 | 使用符號 1、2、3 的組合 | | |
|---|---|---|---|
| | --န့် / --မ့် / --ႋ oung ` | --န် / --မ် / --ႋ oung ˇ | --န်း / --မ်း / --ႋ oung ： |
| က k | ကုန့် / ကုမ့် / - | ကုန် / ကုမ် / - | ကုန်း / ကုမ်း / - |
| ခ kh | ခုန့် / ခုမ့် / ခုံ့ | ခုန် / ခုမ် / ခုံ | ခုန်း / ခုမ်း / ခုံး |
| ဂ g | ဂုန့် / ဂုမ့် / ဂုံ့ | ဂုန် / ဂုမ် / ဂုံ | ဂုန်း / ဂုမ်း / ဂုံး |
| င ng | ငုန့် / ငုမ့် / ငုံ့ | ငုန် / ငုမ် / ငုံ | ငုန်း / ငုမ်း / ငုံး |
| စ s | စုန့် / စုမ့် / စုံ့ | စုန် / စုမ် / စုံ | စုန်း / စုမ်း / - |
| ဆ s | ဆုန့် / ဆုမ့် / ဆုံ့ | ဆုန် / ဆုမ် / ဆုံ | ဆုန်း / ဆုမ်း / ဆုံး |
| ဇ z | ဇုန့် / ဇုမ့် / ဇုံ့ | ဇုန် / ဇုမ် / ဇုံ | ဇုန်း / ဇုမ်း / ဇုံး |
| တ t | တုန့် / တုမ့် / တုံ့ | တုန် / တုမ် / တုံ | တုန်း / တုမ်း / တုံး |
| ထ th | ထုန့် / ထုမ့် / ထုံ့ | ထုန် / ထုမ် / ထုံ | ထုန်း / ထုမ်း / ထုံး |
| ဒ d | ဒုန့် / ဒုမ့် / ဒုံ့ | ဒုန် / ဒုမ် / ဒုံ | ဒုန်း / ဒုမ်း / ဒုံး |
| န n | နုန့် / နုမ့် / နုံ့ | နုန် / နုမ် / နုံ | နုန်း / နုမ်း / - |
| ပ p | ပုန့် / ပုမ့် / ပုံ့ | ပုန် / ပုမ် / ပုံ | ပုန်း / ပုမ်း / ပုံး |
| ဖ ph | ဖုန့် / ဖုမ့် / ဖုံ့ | ဖုန် / ဖုမ် / ဖုံ | ဖုန်း / ဖုမ်း / ဖုံး |
| ဗ b | ဗုန့် / ဗုမ့် / ဗုံ့ | ဗုန် / ဗုမ် / ဗုံ | ဗုန်း / ဗုမ်း / ဗုံး |
| ဘ b | ဘုန့် / ဘုမ့် / ဘုံ့ | ဘုန် / ဘုမ် / ဘုံ | ဘုန်း / ဘုမ်း / ဘုံး |

| 子音字母 \ 符號 | 使用符號 1、2、3 的組合 | | |
|---|---|---|---|
| | --ုန့် / --ုမ့် / --ုံ့ <br> oung ˋ | --ုန် / --ုမ် / --ုံ <br> oung ˇ | --ုန်း / --ုမ်း / --ုံး <br> oung ： |
| မ m | မုန့် / မုမ့် / မုံ့ | မုန် / မုမ် / မုံ | မုန်း / မုမ်း / မုံး |
| ယ y | ယုန့် / ယုမ့် / ယုံ့ | ယုန် / ယုမ် / ယုံ | ယုန်း / ယုမ်း / - |
| ရ y | ရုန့် / ရုမ့် / ရုံ့ | ရုန် / ရုမ် / ရုံ | ရုန်း / ရုမ်း / ရုံး |
| လ l | လုန့် / လုမ့် / လုံ့ | လုန် / လုမ် / လုံ | လုန်း / လုမ်း / လုံး |
| သ tt | သုန့် / သုမ့် / သုံ့ | သုန် / သုမ် / သုံ | သုန်း / သုမ်း / သုံး |
| ဟ h | ဟုန့် / ဟုမ့် / ဟုံ့ | ဟုန် / ဟုမ် / ဟုံ | ဟုန်း / ဟုမ်း / ဟုံး |
| အ a | အုန့် / အုမ့် / အုံ့ | အုန် / အုမ် / အုံ | အုန်း / အုမ်း / အုံး |

# 三、鼻音化母音oung的相關單字及短句 ▶ MP3-29

1. သုံး      三

2. ဖုန်း      電話

3. ယုန်      兔子

4. ခုန်      跳

5. ခုံ      桌椅

6. ဘုန်း ဘုန်း      和尚

7. ဘောလုံး      足球

8. အားလုံး      全部

9. တရားရုံး      法院

10. ရုံးခန်း      辦公室

11. ပျား အုံ      蜂窩

12. စက်ရုံ      工廠

13. လုံ ချည်      沙龍

14. တောင် ကုန်း      山坡

15. အ ကောင်း ဆုံး      最好的

16. အ ဆိုး ဆုံး      壞的

17. မီးပုံးပျံ      天燈

18. ယင် မ အုံ ပါ စေ နဲ့။      不要被蚊子叮。

# 四、拼音練習 ▶ MP3-30

將子音符號與鼻音化母音 oung 的 3 個聲調（အုန့်、အုန်、အုန်း）相結合。

## （一）單子音符號 ⌐⊣

子音字母與單子音符號 ⌐⊣ 結合後，子音要加上 ya、 的音，例如：က 加上 ⌐⊣ 變成 ကျ，唸 k + ya、（kya、），而 ကျ 再與 3 個聲調的符號 1（⌐⊣န့်、⌐⊣န်、⌐⊣န်း）結合後變成 ကျုန့်、ကျုန်、ကျုန်း。

以下表格列舉了幾個子音字母，請先與單子音符號 ⌐⊣ 及鼻音化母音 oung 的 3 個聲調（符號 1 ～ 3）做結合，並練習發音。

| 子音字母 \ 聲調 | 單子音符號 ⌐⊣ ＋符號 1 ～ 3 （ ⌐⊣န့် / ⌐⊣ုံ့ / ⌐⊣ုံ、 ⌐⊣န် / ⌐⊣ုံ / ⌐⊣ုံ、 ⌐⊣န်း / ⌐⊣ုံး / ⌐⊣ုံး ） y ＋ oung | | |
|---|---|---|---|
| | ⌐⊣န့် / ⌐⊣ုံ့ / ⌐⊣ုံ youngˋ | ⌐⊣န် / ⌐⊣ုံ / ⌐⊣ုံ youngˇ | ⌐⊣န်း / ⌐⊣ုံး / ⌐⊣ုံး young： |
| က k | ကျုန့် / ကျုံ့ / ကျုံ | ကျုန် / ကျုံ / ကျုံ | ကျုန်း / ကျုံး / ကျုံး |
| ခ kh | ချုန့် / ချုံ့ / ချုံ | ချုန် / ချုံ / ချုံ | ချုန်း / ချုံး / ချုံး |
| ပ p | ပျုန့် / ပျုံ့ / ပျုံ | ပျုန် / ပျုံ / ပျုံ | ပျုန်း / ပျုံး / ပျုံး |
| ဖ ph | ဖျုန့် / ဖျုံ့ / ဖျုံ | ဖျုန် / ဖျုံ / ဖျုံ | ဖျုန်း / ဖျုံး / ဖျုံး |
| ဗ b | ဗျုန့် / ဗျုံ့ / ဗျုံ | ဗျုန် / ဗျုံ / ဗျုံ | ဗျုန်း / ဗျုံး / ဗျုံး |
| မ m | မျုန့် / မျုံ့ / မျုံ | မျုန် / မျုံ / မျုံ | မျုန်း / မျုံး / မျုံး |

## （二）單子音符號 ျ

與 ြ 同音，唸 ya、。

子音字母與單子音符號 ျ 結合後，子音要加上 ya、 的音，例如：က 加上 ျ 變成 ကျ，唸 k＋ya、（kya、），而 ကျ 再與 3 個聲調的符號 1（ုန့်、ုန်、ုန်း）結合後變成 ကျုန့်、ကျုန်、ကျုန်း。

以下表格列舉了幾個子音字母，請先與單子音符號 ျ 及鼻音化母音 oung 的 3 個聲調（符號 1～3）做結合，並練習發音。

| 子音字母＼聲調 | 單子音符號 ျ ＋符號 1～3（ုန့် / ုမ့် / ုံ့、ုန် / ုမ် / ုံ、ုန်း / ုမ်း / ုံး）y ＋ oung | | |
|---|---|---|---|
| | ျုန့် / ျုမ့် / ျုံ့ young、 | ျုန် / ျုမ် / ျုံ youngˇ | ျုန်း / ျုမ်း / ျုံး young： |
| က k | ကျုန့် / ကျုမ့် / ကျုံ့ | ကျုန် / ကျုမ် / ကျုံ | ကျုန်း / ကျုမ်း / ကျုံး |
| ခ kh | ချုန့် / ချုမ့် / ချုံ့ | ချုန် / ချုမ် / ချုံ | ချုန်း / ချုမ်း / ချုံး |
| ဂ g | ဂျုန့် / ဂျုမ့် / ဂျုံ့ | ဂျုန် / ဂျုမ် / ဂျုံ | ဂျုန်း / ဂျုမ်း / ဂျုံး |
| ပ p | ပျုန့် / ပျုမ့် / ပျုံ့ | ပျုန် / ပျုမ် / ပျုံ | ပျုန်း / ပျုမ်း / ပျုံး |
| ဖ ph | ဖျုန့် / ဖျုမ့် / ဖျုံ့ | ဖျုန် / ဖျုမ် / ဖျုံ | ဖျုန်း / ဖျုမ်း / ဖျုံး |
| ဗ b | ဗျုန့် / ဗျုမ့် / ဗျုံ့ | ဗျုန် / ဗျုမ် / ဗျုံ | ဗျုန်း / ဗျုမ်း / ဗျုံး |

## （四）單子音符號 --ှ

子音字母與單子音符號 --ှ 結合後，子音加上要 ha、，例如：မ 加上 --ှ 變成 မှ，唸 m＋ha、（mha、）而 မှ 再與 3 個聲調的符號 1（--ှုန်ႆ、--ှုန်、--ှုန်း）結合後變成 မှုန်ႆ、မှုန်、မှုန်း。

以下表格列舉了幾個子音字母，請先與單子音符號 --ှ 及鼻音化母音 oung（符號 1 ～ 3）做結合，並練習發音。

| 子音字母 ＼ 聲調 | 單子音符號 --ှ ＋符號 1 ～ 3 （--ှုန်ႆ / --ှုမ်ႆ / --ှုံႆ、--ှုန် / --ှုမ် / --ှုံ、--ှုန်း / --ှုမ်း / --ှုံး） h ＋ oung | | |
|---|---|---|---|
| | --ှုန်ႆ / --ှုမ်ႆ / --ှုံႆ  houng、 | --ှုန် / --ှုမ် / --ှုံ  houngˇ | --ှုန်း / --ှုမ်း / --ှုံး  houngː |
| နှ n | နှုန်ႆ / နှုမ်ႆ / နှုံႆ | နှုန် / နှုမ် / နှုံ | နှုန်း / နှုမ်း / နှုံး |
| မ m | မှုန်ႆ / မှုမ်ႆ / မှုံႆ | မှုန် / မှုမ် / မှုံ | မှုန်း / မှုမ်း / မှုံး |
| လ l | လှုန်ႆ / လှုမ်ႆ / လှုံႆ | လှုန် / လှုမ် / လှုံ | လှုန်း / လှုမ်း / လှုံး |
| ရ y | ရှုန်ႆ / ရှုမ်ႆ / ရှုံႆ | ရှုန် / ရှုမ် / ရှုံ | ရှုန်း / ရှုမ်း / ရှုံး |

子音字母與（三）、（五）至（十一）之子音符號結合後（詳見本書 P. 9），因無法與鼻音化母音 oung 的 3 個聲調（အှုန်ႆ、အှုန်、အှုန်း）再結合成為有意義的字，本書暫不做練習。

## 五、子音符號與鼻音化母音oung組合的單字及短句 ▶ MP3-31

1. ဂျုံမှုန့်　　　　　　麵粉

2. အပြုံး　　　　　　笑容

3. ချုံတော　　　　　草叢

4. လုံခြုံရေးအသင်း　　保全（民間組職）

5. လမ်းကြုံ ပါသလား။　順路嗎？

6. စောင်ခြုံ　　　　　蓋棉被

7. ခြုံစောင်　　　　　棉被

8. စာလုံး ချုံ့ ပေးပါ။　請把字縮小。

9. မကြုံဖူးသေးဘူး။　不曾遇見。

10. အ ပြုံး ချုံ တယ်။　笑容很甜。

11. သိုးရေခြုံသောဝံပလွေ　　　　披著羊毛的狼

12. လူတွေစုပြုံ နေတယ်။　　　　人們聚集在一起。

13. နေမကောင်းလို့ ပိန်ချုံး နေတယ်။　因為生病變得很瘦弱。

14. ပိုက် ဆံ မ ဖြုန်း နဲ့။　　　　不要浪費錢。

15. ဖြုန်း စား ကြီး အ လုပ် ဖြုတ် သွား ပြီ။　突然間失業了。

16. ဂျုံရောင်းတဲ့လူကအားလုံးကို ပြုံးရယ်ပြတယ်။
賣麵粉的人面帶微笑地面對所有人。

# 六、綜合測驗

請先唸出下列句子，再用緬甸語反推出適當的問句。

1. မနေ့ (တုန်း) က ရောက်တယ်။

2. မနက်ဖြန်လာခဲ့ မယ်။

3. သိန်းတစ်ရာပါ။

4. တစ်ဂါလံတစ်ထောင်ပါ။

5. ၁၉၇၄ခုနစ်မွေးတယ်။

6. တစ်ပတ်လောက်ကြာမယ်။

7. တစ်ပတ်မှာ-၇-ရက်ရှိပါတယ်။

8. တစ်ရက်မှာ-၂၄-နာရီရှိပါတယ်။

# 七、生活會話 ▶ MP3-32

## ◆「是誰？」

A: ဒါဘယ်သူလဲ။　　　　　　這是誰？

B: ဒါကျွန်တော့် ညီမပါ။　　　　這是我妹妹。

A: ဘယ်သူပြောတာလဲ။　　　　是誰說的？

B: ဆရာမပြောတာ။　　　　　　老師說的。

A: ဘယ်သူ့ ကိုပြောတာလဲ။　　是說誰？（是說哪一個人？）

B: မင်းကိုပြောတာ။　　　　　　說你呀！

A: ဘယ်သူ့ ကိုရှာတာလဲ။　　　要找誰？（要找哪一個人？）

B: ဦးရဲအောင်ကိုရှာတာ။　　　要找<u>巫耶塢</u>。

## ◆「是誰的？」

A: ဒါဘယ်သူ စာအုပ်လဲ။　　　這是誰的書？

B: ဒါစုမြတ်နိုးရဲ့ စာအုပ်။　　　這是<u>蘇蔑奴</u>的書。

A: ဒါဘယ်သူ ထီးလဲ။　　　　　這是誰的傘？

B: သာယာပြည့်စုံရဲ့ ထီး　　　　這是<u>答押緤淞</u>的傘。

　　想要用「誰」來問有關人的姓名、關係等的問題時，問句的結構是「ဘယ်သူ（誰）＋ လဲ」，答句的結構是「答案（人名或代名詞）＋句末助詞 ပါ」。

　　若想用被動的方式詢問，則問句的結構是「ဘယ်သူ（哪一位）＋ ကို（同英文的 to）＋動詞＋ လဲ」，答句的結構是「答案（人名或代名詞）＋ ကို ＋動詞＋句末助詞 ပါ」。以上對話中出現的動詞有「ပြော」（說）和「ရှာ」（找）。

　　想要問的是「某人的所有物」時，問句的結構是「ဘယ် ＋ သူ့ ＋名詞＋ လဲ」，答句的結構是「答案（人名或代名詞）＋ ရဲ့（所有格）＋名詞＋ လဲ」。

　　緬甸是一個佛教國家，傳統節慶也都與佛教息息相關。而在所有節慶當中，緬甸人最注重且最盛大的節慶為潑水節，就等於台灣的新年，慶祝的氣氛熱絡，和台灣過新年時不相上下。在緬甸，潑水節最熱鬧的城市是「မန္တလေး」（曼德勒）。曼德勒是緬甸古都，緬甸的最後一名皇室就住在曼德勒，所以當地有一個皇宮，皇宮外圍有一條護城河，潑水節時人們就繞著護城河玩水，夜晚在護城河邊也有很多歌舞表演，因此護城河也成為了潑水節時的最佳遊玩地點。

　　潑水節一般落在新曆的四月中旬，通常為期4～5天。潑水的習俗意味著洗去過去一年的不順利，並在新的一年重新出發。緬甸人認為水是純淨的象徵，也是生命的源頭、萬物之神。

　　依照緬甸習俗，潑水節期間，不分男女老少可以互相潑水，表示洗舊迎新。不過潑水的方式就有等級之分了：對長輩潑水，通常用枝葉沾水，輕輕灑幾滴在肩上，意思意思。小孩子則用水槍互相噴。小孩用水槍噴大人也不會被罵，大人還會被噴得很開心。有一些人喜歡整桶、整盆地潑，也有人會用水管瞄準對方，青少年們更誇張的還會動用消防栓！大家也被噴得不亦樂乎。而年輕男子也會藉著潑水，對心儀的女子表達愛慕之意。

　　在潑水節期間，不分晝夜都很熱鬧。白天除了潑水，還到處會看到有人做善事、請吃傳統食物，像是緬甸湯圓之類的新年美食，都可以免費吃到。傍晚時則有很多花車遊街，伴著花車也會有很多的傳統歌舞表演。到了夜晚，各處舞台上有的勁歌熱舞，有的表演傳統歌舞，應有盡有。

　　除了熱鬧的歡慶活動之外，潑水節期間，有一些長輩則會到寺廟裡禪修，透過吃齋唸佛的方式度過新年。

# MEMO

# 鼻音化母音ing
# （အင့်、အင်、အင်း）
# 的發音、單字及生活會話

# 一、鼻音化母音ing的聲調與符號

| 發音 | ing ˋ | ing ˇ | ing ： |
|---|---|---|---|
| 符號 1 | --ၚ် | --င် | --င်း |
| 例如 | အၚ် | အင် | အင်း |
| 符號 2 | --ၟ် | --ည် | --ည်း |
| 例如 | အၟ် | အည် | အည်း |
| 備註 | （1）鼻音化母音又稱為字尾音<br>（2）ၟ် 為 ည် 的小寫 | | |

　　緬甸語的聲調排列，以台灣的注音符號學習者來說，是以第四聲、第三聲及高音拉長音的方式呈現。母音 ing ˋ/ing ˇ/ing ： 以兩種符號出現，第一種為 --ၚ်／--င်／--င်း、第二種為 --ၟ်／--ည်／--ည်း。其中，ၟ် 為 ည် 的小寫，但拼音不同。另外，鼻音化母音 ing ˋ/ing ˇ/ing ： 的符號除了可以和子音字母、子音符號搭配外，也可以和基本母音 အၟ် 及 ‌‌‌‌‌‌‌‌‌‌‌‌‌‌‌‌‌‌‌‌‌‌‌‌‌‌‌‌‌‌‌‌‌‌‌‌‌‌‌‌‌‌‌‌‌‌‌‌‌‌‌‌‌‌‌‌‌‌‌‌‌‌‌‌‌‌‌‌‌‌‌‌‌‌‌‌‌‌‌‌‌‌‌‌‌‌‌‌‌‌‌‌‌‌‌‌‌‌‌‌‌‌‌‌‌‌‌‌‌‌‌‌‌‌‌‌‌‌‌‌‌‌‌‌‌‌‌‌‌‌‌‌‌‌‌‌‌‌‌‌‌‌‌‌‌‌‌‌‌‌‌‌‌‌‌‌‌‌‌‌‌‌‌‌‌‌‌‌‌‌‌‌‌‌‌‌‌‌‌‌‌‌‌‌‌‌‌‌‌‌‌‌‌‌‌‌‌‌‌‌‌‌‌‌‌‌‌‌‌‌‌‌‌‌‌‌‌‌‌‌‌‌‌‌‌‌‌‌‌‌‌‌‌‌‌‌‌‌‌‌‌‌‌‌‌‌‌‌‌‌‌‌‌‌‌‌‌‌‌‌‌‌‌‌‌‌‌‌‌‌‌‌‌‌‌‌‌‌‌‌‌‌‌‌‌‌‌‌‌‌‌‌‌‌‌‌‌‌‌‌‌‌‌‌‌‌‌‌‌‌‌‌‌‌‌‌‌‌‌‌‌‌‌‌‌‌‌‌‌‌‌‌‌‌‌‌‌‌‌‌‌‌‌‌‌‌‌‌‌‌‌‌‌‌‌‌‌‌‌‌‌‌‌‌‌‌‌‌‌‌‌‌‌‌‌‌‌‌‌‌‌‌‌‌‌‌‌‌‌‌‌‌‌‌‌‌‌‌‌‌‌‌‌‌‌‌‌‌‌‌‌‌‌‌‌‌‌‌‌‌‌‌‌‌‌‌‌‌‌‌‌‌‌‌‌‌‌‌‌‌‌‌‌‌‌‌‌‌‌‌‌‌‌‌‌‌‌‌‌‌‌‌‌‌‌‌‌‌‌‌‌‌‌‌‌‌‌‌‌‌‌‌‌‌‌‌‌‌‌‌‌‌‌‌‌‌‌‌‌‌‌‌‌‌‌‌‌‌‌‌‌‌‌‌‌‌‌‌‌‌‌‌‌‌‌‌‌‌‌‌‌‌‌‌‌‌‌‌‌‌‌‌‌‌‌‌‌‌‌‌‌‌‌‌‌‌‌‌‌‌‌‌‌‌‌‌‌‌‌‌‌‌‌‌‌‌‌‌‌‌‌‌‌‌‌‌‌‌‌‌‌‌‌‌‌‌‌‌‌‌‌‌‌‌‌‌‌‌‌‌‌‌‌‌‌‌‌‌‌‌‌‌‌‌‌‌‌‌‌‌‌‌‌‌‌ ‌‌‌‌‌‌‌‌‌‌‌‌‌‌‌‌‌‌‌‌‌‌‌‌‌‌‌‌‌‌‌‌‌‌‌‌‌‌‌‌‌‌‌‌‌‌‌‌‌‌‌‌‌‌‌‌‌‌‌‌‌‌‌‌‌‌‌‌‌‌‌‌‌‌‌‌‌‌‌‌‌‌‌‌‌‌‌‌‌‌‌‌‌‌‌‌‌‌‌‌‌‌‌‌‌‌‌‌‌‌‌‌‌‌‌‌‌‌‌‌‌‌‌‌‌‌‌‌‌‌‌‌‌‌‌‌‌‌‌‌‌‌‌‌‌‌‌‌‌‌‌‌‌‌‌‌‌‌‌‌‌‌‌‌‌‌‌‌‌‌‌‌‌‌‌‌‌‌‌‌‌‌‌‌‌‌‌‌‌‌‌‌‌‌‌‌‌‌‌‌‌‌‌‌‌‌‌‌‌‌‌‌‌‌‌‌‌‌‌‌‌‌‌‌‌‌‌‌‌‌‌‌‌‌‌‌‌‌‌‌‌‌‌‌‌‌‌‌‌‌‌‌‌‌‌‌‌‌‌‌‌‌‌‌‌‌‌‌‌‌‌‌‌‌‌‌‌‌‌‌‌‌‌‌‌‌‌‌‌‌‌‌‌‌‌‌‌‌‌‌‌‌‌‌‌‌‌‌‌‌‌‌‌‌‌‌‌‌‌‌‌‌‌‌‌‌‌‌‌‌‌‌‌‌‌‌‌‌‌‌‌‌‌‌‌‌‌‌‌‌‌‌‌‌‌‌‌‌‌‌‌‌‌‌‌‌‌‌‌‌‌‌‌‌‌‌‌‌‌‌‌‌‌‌‌‌‌‌‌‌‌‌‌‌‌‌‌‌‌‌‌‌‌‌‌‌‌‌‌‌‌‌‌‌‌‌‌‌‌‌‌‌‌‌‌‌‌‌‌‌‌‌‌‌‌‌‌‌‌‌‌‌‌‌‌‌‌‌‌‌‌‌‌‌‌‌‌‌‌‌‌‌‌‌‌‌‌‌‌‌‌‌‌‌‌‌‌‌‌‌‌‌‌‌‌‌‌‌‌‌‌‌‌‌‌‌‌‌‌‌‌‌‌‌‌‌‌‌‌‌‌‌‌‌‌‌‌‌‌‌‌‌‌‌‌‌‌‌‌‌‌‌‌‌‌‌‌‌‌‌‌‌‌‌‌‌‌‌‌‌‌‌‌‌‌‌‌‌‌‌‌‌‌‌‌‌‌‌‌‌‌‌‌‌‌‌‌‌‌‌‌‌‌‌‌‌‌‌‌‌‌‌‌‌‌‌‌‌‌‌‌‌‌‌‌‌‌‌‌‌‌‌‌‌‌‌‌‌‌‌‌‌‌‌‌‌‌‌‌‌‌‌‌‌‌‌ ‌‌‌‌‌‌‌‌‌‌‌‌‌‌‌‌‌‌‌‌‌‌‌‌‌‌‌‌ေသာ 搭配，每一種搭配都有三個音調，詳見第 8 課及第 9 課。

# 二、拼音練習 ▶ MP3-33

運用 2 種符號，將 33 個子音字母與鼻音化母音 ing 的 3 個聲調（အင့်、အင်、အင်း）相結合。

| 子音字母 ＼ 符號 | 使用符號 1、2 的組合 | | |
|---|---|---|---|
| | --င့် / --ည့်<br>ing ˋ | --င် / --ည်<br>ing ˇ | --င်း / --ည်း<br>ing ：|
| က k | ကင့် | ကင် | ကင်း |
| ခ kh | ခင့် | ခင် | ခင်း |
| င ng | ငင့် | ငင် | ငင်း |
| စ s | စင့် | စင် | စင်း |
| ဆ s | ဆင့် | ဆင် | ဆင်း |
| ဇ z | ဇင့် / ဇည့် | ဇင် / ဇည် | ဇင်း / ဇည်း |
| ည ny | ညင့် / ညည့် | ညင် / ညည် | ညင်း / ညည်း |
| တ t | တင့် / တည့် | တင် / တည် | တင်း / တည်း |
| ထ th | ထင့် | ထင် | ထင်း |
| ဒ d | ဒင့် | ဒင် | ဒင်း |
| န n | နင့် | နင် | နင်း |
| ပ p | ပင့် | ပင် | ပင်း |
| ဖ ph | ဖင့် | ဖင် | ဖင်း |
| ဗ b | ဗင့် | ဗင် | ဗင်း |
| ဘ b | ဘင့် | ဘင် | ဘင်း |

| 　 | 使用符號 1、2 的組合 | | |
|---|---|---|---|
| 符號<br><br>子音字母 | --င့် / --ည့်<br>ing ˋ | --င် / --ည်<br>ing ˇ | --င်း / --ည်း<br>ing ː |
| မ m | မင့် | မင် | မင်း |
| ယ y | ယင့် | ယင် / ယည် | ယင်း |
| ရ y | ရင့် | ရင် | ရင်း |
| လ l | လင့် | လင် | လင်း |
| ဝ w | ဝင့် | ဝင် | ဝင်း |
| သ tt | သင့် | သင် | သင်း |
| ဟ h | ဟင့် | ဟင် | ဟင်း |
| အ a | အင့် / အည့် | အင် / အည် | အင်း / အည်း |

# 三、鼻音化母音ing的相關單字及短句 ▶ MP3-34

1. ဆင် 　　　大象

2. နင် 　　　你

3. ဟင်း 　　　菜

4. ထမင်း 　　　飯

5. သတင်းစာတစ်စောင်ပေးပါ။ 　　　給一份報紙吧！

6. နေ့စဉ် 　　　天天

7. ဒီနေ့ သတင်းထူးဘာရှိလဲ။ 　　　今天有什麼頭條新聞？

8. ဒီနေ့ ဆိပ်ကမ်းမှာဇင်ယော်တွေအများကြီးပဲ။ 　　　今天港口有很多海鷗。

9. အဝင်ဝ 　　　入口

10. သစ်ပင်မခုတ်ရ။ 　　　不可以砍樹！

11. မိခင် ဖခင် 　　　父母親

12. မိုးလင်းတာနဲ့ အလုပ်သွားရမယ်။ 　　　天亮就要去工作。

13. သခင် 　　　主人

14. စဉ်းစား 　　　思考

15. မိုးရွာရင်ပြတင်းပေါက်ပိတ်ထားပါ။ 　　　下雨就要把窗戶關起來！

16. အသားကင်သွားစားရအောင်။ 　　　我們去吃烤肉吧！

# 四、拼音練習 ▶MP3-35

將子音符號與鼻音化母音 ing 的 3 個聲調（အင့်、အင်、အင်း）相結合。

## （一）單子音符號 --ြ

子音字母與單子音符號 --ြ 結合後，子音要加上 ya、的音，例如：က 加上 --ြ 變成 ကြ，唸 k + ya、（kya、），而 ကြ 再與 3 個聲調的符號 1（--င့်、--င်、--င်း）結合後變成 ကြင့်、ကြင်、ကြင်း。

以下表格列舉了幾個子音字母，請先與單子音符號 --ြ 及鼻音化母音 ing 的 3 個聲調（符號 1、2）做結合，並練習發音。

| | 單子音符號 --ြ ＋符號 1、2<br>（--င့် / --ဉ့်、--င် / --ဉ်、--င်း / --ဉ်း）<br>y ＋ ing | | |
|---|---|---|---|
| 聲調<br>子音字母 | --ြင့် / --ြဉ့်<br>ying、 | --ြင် / --ြဉ်<br>yingˇ | --ြင်း / --ြဉ်း<br>ying: |
| က k | ကြင့် / ကြဉ့် | ကြင် / ကြဉ် | ကြင်း / ကြဉ်း |
| ခ kh | ခြင့် | ခြင် | ခြင်း |
| င ng | ငြင့် | ငြင် | ငြင်း |
| ပ p | ပြင့် | ပြင် | ပြင်း |
| ဖ ph | ဖြင့် | ဖြင် | ဖြင်း |

## （二）單子音符號 -ျ

與 ⊡ 同音，唸 ya丶。

子音字母與單子音符號 -ျ 結合後，子音要加上 ya丶 的音，例如：က 加上 -ျ 變成 ကျ，唸 k＋ya丶（kya丶），而 ကျ 再與 3 個聲調的符號 1（--င့်、--င်、--င်း）結合後變成 ကျင့်、ကျင်、ကျင်း。

以下表格列舉了幾個子音字母，請先與單子音符號 -ျ 及鼻音化母音 ing 的 3 個聲調（符號 1、2）做結合，並練習發音。

| 子音字母 ＼ 聲調 | 單子音符號 -ျ ＋符號 1、2 (--င့် / --ည့်、--င် / --ည်、--င်း / --ည်း) y ＋ ing | | |
|---|---|---|---|
| | -ျင့် / -ျည့် ying丶 | -ျင် / -ျည် yingˇ | -ျင်း / -ျည်း ying: |
| က k | ကျင့် / ကျည့် | ကျင် / ကျည် | ကျင်း / ကျည်း |
| ခ kh | ချင့် / ချည့် | ချင် / ချည် | ချင်း / ချည်း |
| ဂ g | ဂျင့် | ဂျင် | ဂျင်း |
| ပ p | ပျင့် / ပျည့် | ပျင် / ပျည် | ပျင်း / ပျည်း |
| ဖ ph | ဖျင့် | ဖျင် | ဖျင်း |
| မ m | မျင့် / မျည့် | မျင် / မျည် | မျင်း / မျည်း |
| လ l | လျင့် | လျင် | လျင်း |
| သ tt | သျင့် | သျင် | သျင်း |

## （三）單子音符號 ့

子音字母與單子音符號 ့ 結合後要，子音要加上 wa、 的音，例如：က 加上 ့ 變成 ကွ，唸 k＋wa、（kwa、），而 ကွ 再與 3 個聲調的符號 1（--င့、--င်、--င်း）結合後變成 ကွင့、ကွင်、ကွင်း。

以下表格列舉了幾個子音字母，請先與單子音符號 ့ 及鼻音化母音 ing（符號 1）做結合，並練習發音。（子音字母與單子音符號 ့ 結合後，因無法再與鼻音化母音 ing 的符號 2 結合成字，本書暫不做練習。）

| 子音字母 ＼ 聲調 | 單子音符號 ့＋符號 1（--င့、--င်、--င်း） w ＋ ing | | |
| --- | --- | --- | --- |
| | --င့ wing、 | --င် wing˘ | --င်း wing： |
| က k | ကွင့ | ကွင် | ကွင်း |
| ခ kh | ခွင့ | ခွင် | ခွင်း |
| ဂ g | ဂွင့ | ဂွင် | ဂွင်း |
| တ t | တွင့ | တွင် | တွင်း |
| ထ th | ထွင့ | ထွင် | ထွင်း |
| န n | နွင့ | နွင် | နွင်း |
| ပ p | ပွင့ | ပွင် | ပွင်း |
| ဖ ph | ဖွင့ | ဖွင် | ဖွင်း |
| ဘ b | ဘွင့ | ဘွင် | ဘွင်း |
| ရ y | ရွင့ | ရွင် | ရွင်း |
| လ l | လွင့ | လွင် | လွင်း |

| | 單子音符號 ◌ ＋符號 1（--င့်、--င်、--င်း） | | |
| | w ＋ ing | | |
| 子音字母 ＼ 聲調 | --င့် wing、 | --င် wing˘ | --င်း wing： |
| သ tt | သွင့် | သွင် | သွင်း |
| အ a | အွင့် | အွင် | အွင်း |

## （四）單子音符號 ◌ှ

子音字母與單子音符號 ◌ှ 結合後，子音要加上 ha、 的音，例如：မ 加上 ◌ှ 變成 မှ，唸 m ＋ ha、（mha、），而 မှ 再與 3 個聲調的符號 1（--င့်、--င်、--င်း）結合後變成 မှင့်、မှင်、မှင်း。

以下表格列舉了幾個子音字母，請先與單子音符號 ◌ှ 及鼻音化母音 ing（符號 1、2）做結合，並練習發音。

| | 單子音符號 ◌ှ ＋符號 1、2 | | |
| | （--င့် / --ည့်、--င် / --ည်、--င်း / --ည်း） | | |
| | h ＋ ing | | |
| 子音字母 ＼ 聲調 | --ှင့် / --ှည့်<br>hing、 | --ှင် / --ှည်<br>hing˘ | --ှင်း / --ှည်း<br>hing： |
| န n | နှင့် | နှင် | နှင်း |
| မ m | မှင့် | မှင် | မှင်း |
| ရ y | ရှင့် / ရှည့် | ရှင် / ရှည် | ရှင်း / ရှည်း |

┌─ 小提醒 ──────────────────────────
│ ရ ＋ ◌ှ（ရှ）要唸成 sha、，而不是 yha、。
└──────────────────────────────────

## （五）雙子音符號 ◌ျ

◌ျ 這個符號是以 ◌ျ 及 ◌ွ 兩種單子音符號結合而成。

子音字母與雙子音符號 ◌ျ 結合後要加上 ywa、 的音，例如：က 加上 ◌ျ 變成 ကျ，唸 k＋ywa、（kywa、），而 ကျ 再與 3 個聲調的符號 1（--င့်、--င်、--င်း）結合後變成 ကျင့်、ကျင်、ကျင်း。

以下表格列舉了幾個子音字母，請先與雙子音符號 ◌ျ 及鼻音化母音 ing（符號 1）做結合，並練習發音。（子音字母與雙子音符號 ◌ျ 結合後，因無法再與鼻音化母音 ing 的符號 2 結合成字，本書暫不做練習。）

| 子音字母 ＼ 聲調 | 雙子音符號 ◌ျ＋符號 1（--င့်、--င်、--င်း） yw ＋ ing | | |
| --- | --- | --- | --- |
| | ◌ျင့် ywing、 | ◌ျင် ywing˘ | ◌ျင်း ywing： |
| က k | ကျင့် | ကျင် | ကျင်း |
| ခ kh | ချင့် | ချင် | ချင်း |

## （六）雙子音符號 ◌ြ

◌ြ 這個符號是以 ◌ြ 及 ◌ွ 兩種單子音符號結合而成。與雙子音符號 ◌ျ 發音相同。

子音字母與雙子音符號 ◌ြ 結合後，子音要加上 ywa、 的音，例如：က 加上 ◌ြ 變成 ကြ，唸 k＋ywa、（kywa、），而 ကြ 再與 3 個聲調的符號 1（--င့်、--င်、--င်း）結合後變成 ကြင့်、ကြင်、ကြင်း。

以下表格列舉了幾個子音字母，請先與雙子音符號 ◌ြ 及鼻音化母音 ing（符號 1）做結合，並練習發音。（子音字母與雙子音符號 ◌ြ 結合後，因無法再與鼻音化母音 ing 的符號 2 結合成字，本書暫不做練習。）

| | 雙子音符號 ⟨ြ⟩ ＋符號 1（ --င့်、--င်、--င်း）<br>yw ＋ ing | | |
|---|---|---|---|
| 聲調<br>子音字母 | ⟨ြ⟩င့် ywing、 | ⟨ြ⟩င် ywing˘ | ⟨ြ⟩င်း ywing： |
| က k | ကျွင့် | ကျွင် | ကျွင်း |
| ခ kh | ချွင့် | ချွင် | ချွင်း |

## （七）雙子音符號 ⟨ꩠ⟩

⟨ꩠ⟩ 這個符號是以 ⟨ျ⟩ 及 ⟨ှ⟩ 兩種單子音符號結合而成。

子音字母與雙子音符號 ⟨ꩠ⟩ 結合後，子音要加上 yha、 的音，例如：မ 加上 ⟨ꩠ⟩ 變成 မျှ，唸 m ＋ yha、（myha、），而 မျှ 再與 3 個聲調的符號 1（ --င့်、 --င်、--င်း）結合後變 မျှင့်、မျှင်、မျှင်း。

以下表格列舉了幾個子音字母，請先與雙子音符號 ⟨ꩠ⟩ 及鼻音化母音 ing（符號 1）做結合，並練習發音。

| | 雙子音符號 ⟨ꩠ⟩ ＋符號 1、2<br>（ --င့် / --ှင့်、--င် / --ှင်、--င်း / --ှင်း）<br>yh ＋ ing | | |
|---|---|---|---|
| 聲調<br>子音字母 | ⟨ꩠ⟩င့် / ⟨ꩠ⟩ှင့်<br>yhing、 | ⟨ꩠ⟩င် / ⟨ꩠ⟩ှင်<br>yhing˘ | ⟨ꩠ⟩င်း / ⟨ꩠ⟩ှင်း<br>yhing： |
| မ m | မျှင့် / မျှင့် | မျှင် / မျှင် | မျှင်း / မျှင်း |
| လ l | - | လျှင် | - |

子音字母與（八）至（十一）之子音符號結合後（詳見本書 P. 9），因無法與鼻音化母音 ing（အင့်、အင်、အင်း）再結合成為有意義的字，本書暫不做練習。

## 五、子音符號與鼻音化母音ing組合的單字 及短句 ▶ MP3-36

1. ခြင်း　　　　籃子

2. မြင်း　　　　馬

3. မျဉ်း　　　　線

4. ဖြေရှင်း　　　解決

5. ပျဉ်ပြား　　　木板

6. လှုင်　　　　地震

7. လေ့ကျင့်　　練習

8. ကြင်နာ　　　疼愛

9. နာကြင်　　　疼痛

10. လူပြင်း　　　懶人

11. ချိုချဉ်　　　糖果

12. ငြူ ငြင်　　　埋怨

13. အမှားရှိရင်ပြင်ပါ။　　　　　有錯就改。

14. ဒီနေ့ လေပြင်းတိုက်မယ်။　　今天會吹強風。

15. မမြင်ဘူးလား။　　　　　　沒看到嗎？

16. ချစ်ချစ်ခင်ခင်　　　　　　相親相愛

17. သူငယ်ချင်း အချင်းချင်း ချစ်ခင်ကြရမယ်။　　朋友之間要相親相愛。

# 六、綜合測驗 ▶MP3-37 讓緬甸人讀給您聽！

請練習讀讀看下面的文章。

ဥတုသုံးပါး

三季

မြန်မာနိုင်ငံတွင် နွေ၊မိုး၊ဆောင်းဟူ ၍ ဥတုသုံးပါးရှိသည်။

緬甸有三季，夏季、雨季及冬季。

တစ်ဥတုလျှင်လေးလစီကြာ၏။

一季有四個月之久。

နွေဥတုသည်အလွန်ပူပြင်း၏။

夏季非常炎熱。

နွေဥတုတွင် ကျွန်ပ်တို့ ၏ကျောင်းများကို နှစ်လပိတ်ထားပါသည်။

我們的學校在夏季有放兩個月的暑假。

မိုးဥတုတွင် မိုးရေရသဖြင့် သစ်ပင် ချုံနွယ်များ စိမ်းလန်းစိုပြေ၏။

雨季時因為有雨，花草樹木都很茂盛。

တောင်သူလယ်သမား ဦးကြီးများ စပါးများကို ထွန်ယက်စိုက်ပျိုးကြသည်။

敬愛的農夫們栽種稻米。

ဆောင်း ရာ သီ တွင် နေ လို့ ကောင်း ၏။

冬季時非常舒服。

# 七、生活會話　▶ MP3-38

## ◆「要做什麼？」

A: ဘာလုပ်မလို့ လဲ။　　　　要做什麼？

B: ရေချိုးမလို့။　　　　　要洗澡。


## ◆「發生什麼事？」

A: ဘာဖြစ်တာလဲ။　　　　發生什麼事？

B: မီးလောင်နေတာ။　　　　發生火災。


## ◆「在吃什麼？」

A: ဘာစားနေတာလဲ။　　　　在吃什麼？

B: ခေါက်ဆွဲစားနေတာ။　　　在吃麵。


## ◆「為了什麼？」

A: ဘာအတွက်လဲ။　　　　為了什麼？

B: လက်ဆောင်ပေးမလို့ ။　　為了要送禮物。

## ◆「要吃什麼肉？」

A: ဘာအသားစားမလဲ။　　　　要吃什麼肉？

B: ဝက်သားစားမယ်။　　　　　要吃豬肉。

## ◆「要什麼顏色？」

A: ဘာအရောင်ယူမလဲ။　　　　要什麼顏色？

B: အဖြူ။ရောင်ယူမယ်။　　　　要白色的。

　　若單獨說「ဘာလဲ」就是「什麼」的意思。ဘာ 和 လဲ 中間可以加動詞也可以加名詞，若使用加名詞的問法，ဘာ 的地方也可以用 ဘယ် 來代替，例如：「ဘာအရောင်ယူမလဲ။」（要什麼顏色？）

　　依據不同時態，句子的結尾方式也不同。未來式的問句結尾是「မလို့ လဲ」及「မလဲ」，答句的結尾則是「မလို့」及「မယ်」。現在進行式的問句結尾是「နေတာလဲ」，答句的結尾則是「နေတာ」。

# 文化常識　緬甸的點燈節

　　在緬甸的傳統節慶當中，點燈節是一個與潑水節一樣盛大的節日。點燈節為期 3 天，從緬曆的 7 月 15 日開始，新曆大約落在 10 月中旬。

　　點燈節又稱為「解安居節」，「解安居」的由來是這樣的：從點燈節的前三個月開始，緬甸的和尚不能離開自己的寺廟到別的地方居住，只能安居禁足在自己的寺廟裡面念經，修練佛法。若非得外出，則必須要向寺廟住持告假，並且不能超過七天。安居滿三個月後的那天就是點燈節，當天開始才可以解除安居，並正常地外出活動，所以我們也稱之為解安居節。

　　那為什麼要點燈呢？因為和尚們在寺廟裡安居的三個月中，佛陀也正前往天上的佛界，向諸多神明講經說法三個月，點燈節就是佛祖講經期滿後返回人間的日子，因此世人會雙手捧著燈火，家家戶戶也會掛著燈籠，以迎接佛祖再度降臨人間。緬甸人相信，佛祖也會在點燈節這天為世人消災祈福。

# 鼻音化母音aung
# （ အောင့် 、 အောင် 、 အောင်း ）
# 的發音、單字及生活會話

# 一、鼻音化母音aung的聲調與符號

| 發音 | aung丶 | aungˇ | aung ː |
|---|---|---|---|
| 符號 1 | ေ--ာင့် | ေ--ာင် | ေ--ာင်း |
| 例如 | အောင့် | အောင် | အောင်း |
| 符號 2 | ေ--ါင့် | ေ--ါင် | ေ--ါင်း |
| 例如 | ခေါင့် | ခေါင် | ခေါင်း |
| 備註 | （1）鼻音化母音又稱為字尾音 | | |

緬甸語的聲調排列，以台灣的注音符號學習者來説，是以第四聲、第三聲及高音拉長音的方式呈現。鼻音化母音 aung丶 / aungˇ / aung ː 為基本母音 အော（aw）和鼻音化母音 အင်（ing）的結合，又因基本母音 အော（aw）本身就是結合了母音 အေ（ay）及母音 အာ（ar）的雙母音，所以鼻音化母音 aung 實為三個母音的結合。它的 3 種發音以兩種符號出現，第一種為 ေ--ာင့် / ေ--ာင် / ေ--ာင်း，第二種為 ေ--ါင့် / ေ--ါင် / ေ--ါင်း，再與子音字母結合成字。但因符號 2 無法與子音符號結合發音，本書暫不練習。

# 二、拼音練習 ▶ MP3-39

運用 2 種符號，將 33 個子音字母與基本母音 aung 的 3 個聲調（**အောင့်**、**အောင်**、**အောင်း**）相結合。

| 子音字母 ＼ 符號 | 使用符號 1、2 的組合 | | |
|---|---|---|---|
| | ေ--ာင့် / ေ--ိုင့်<br>aung、 | ေ--ာင် / ေ--ိုင်<br>aungˇ | ေ--ာင်း / ေ--ိုင်း<br>aung： |
| **က** k | ကောင့် | ကောင် | ကောင်း |
| **ခ** kh | - / ခေါင့် | - / ခေါင် | - / ခေါင်း |
| **ဂ** g | - / ဂေါင့် | - / ဂေါင် | - / ဂေါင်း |
| **င** ng | - / ငေါင့် | - / ငေါင် | - / ငေါင်း |
| **စ** s | စောင့် | စောင် | စောင်း |
| **ဆ** s | ဆောင့် | ဆောင် | ဆောင်း |
| **ဇ** z | ဇောင့် | ဇောင် | ဇောင်း |
| **ည** ny | ညောင့် | ညောင် | ညောင်း |
| **တ** t | တောင့် | တောင် | တောင်း |
| **ထ** th | ထောင့် | ထောင် | ထောင်း |
| **ဒ** d | - / ဒေါင့် | - / ဒေါင် | - / ဒေါင်း |
| **န** n | နောင့် | နောင် | နောင်း |
| **ပ** p | - / ပေါင့် | - / ပေါင် | - / ပေါင်း |
| **ဘ** b | ဘောင့် | ဘောင် | ဘောင်း |

| 子音字母 | 符號 使用符號 1、2 的組合 | | |
|---|---|---|---|
| | ေ–ာင့် / ေ–ိုင့်<br>aung ˋ | ေ–ာင် / ေ–ိုင်<br>aung ˇ | ေ–ာင်း / ေ–ိုင်း<br>aung ː |
| မ m | ေမာင့် | ေမာင် | ေမာင်း |
| ယ y | ေယာင့် | ေယာင် | ေယာင်း |
| ရ y | ေရာင့် | ေရာင် | ေရာင်း |
| လ l | ေလာင့် | ေလာင် | ေလာင်း |
| ဝ w | - / ဝေါင့် | - / ဝေါင် | - / ဝေါင်း |
| သ tt | ေသာင့် | ေသာင် | ေသာင်း |
| ဟ h | ေဟာင့် | ေဟာင် | ေဟာင်း |
| အ a | ေအာင့် | ေအာင် | ေအာင်း |

# 三、鼻音化母音aung的相關單字及短句 ▶ MP3-40

1. စောင်း      (n.) 豎琴、(v.) 歪

2. ဆောင်း      冬季

3. တောင်း      (n.) 籃子、(v.) 要

4. ကျောင်းပိတ်ရင်တောင်တက်သွားမယ်။    學校放假的時候來去爬山。

5. ပေါင်      大腿

6. ခေါင်း      頭

7. လက်မောင်း      手臂

8. သူတောင်းစား      乞丐

9. တစ်သောင်း      一萬

10. အရောင်းအဝယ်      買賣

11. မီးလောင်      火災

12. သောင်တင်      擱淺

13. အရောင်      顏色

14. ဘုရားပေါ်ကိုဘောင်းဘီတို့နဲ့ မတက်ရဘူး။    不能穿短褲上佛塔。

15. အဟောင်း      舊的

16. မောင်လေး      弟弟

17. နောင်ခါလာနောင်ခါဈေး။    之後的事之後再說。

18. စားလို့ ကောင်းတယ်။    好吃。

19. ဒီနှစ်သရက်သီးစိုက်တာအောင်မြင်တယ်။    今年芒果種得很成功。

20. ဒေါင်း      孔雀

# 四、拼音練習 ▶MP3-41

將子音符號與鼻音化母音 aung 的 3 個聲調（အောင့်、အောင်、အောင်း）相結合。

## （一）單子音符號 ⊡

子音字母與單子音符號 ⊡ 結合後，子音要加上 ya、 的音，例如：က 加上 ⊡ 變成 ကြ，唸 k＋ya、（kya、），而 ကြ 再與 3 個聲調的符號 1（ေ–ာင့်、ေ–ာင်、ေ–ာင်း）結合後變成 ကြောင့်、ကြောင်、ကြောင်း。

以下表格列舉了幾個子音字母，請先與單子音符號 ⊡ 及鼻音化母音 aung 的 3 個聲調（符號 1）做結合，並練習發音。

| 子音字母 \ 聲調 | 單子音符號 ⊡ ＋符號 1（ေ–ာင့်、ေ–ာင်、ေ–ာင်း） | | |
| --- | --- | --- | --- |
| | y ＋ aung | | |
| | ⊡ာင့် yaung、 | ⊡ာင် yaung˘ | ⊡ာင်း yaung： |
| က k | ကြောင့် | ကြောင် | ကြောင်း |
| ခ kh | ချောင့် | ချောင် | ချောင်း |
| င ng | ငြောင့် | ငြောင် | ငြောင်း |
| ပ p | ပြောင့် | ပြောင် | ပြောင်း |
| ဖ ph | ဖြောင့် | ဖြောင် | ဖြောင်း |
| ဗ b | ဗြောင့် | ဗြောင် | ဗြောင်း |
| သ tt | သြောင့် | သြောင် | သြောင်း |

## （二）單子音符號 ႂ

與 ├┘ 同音，唸 ya丶。

子音字母與單子音符號 ႂ 結合後，子音要加上 ya丶 的音，例如： က 加上 ႂ 變成 ကျ，唸 k＋ya丶（kya丶），而 ကျ 再與 3 個聲調的符號 1（ ေ--ာင့်、ေ--ာင်、ေ--ာင်း ）結合後變成 ကျောင့်、ကျောင်、ကျောင်း 。

以下表格列舉了幾個子音字母，請先與單子音符號 ႂ 及鼻音化母音 aung 的 3 個聲調（符號 1）做結合，並練習發音。

| 聲調<br>子音字母 | 單子音符號 ႂ ＋符號 1（ ေ--ာင့်、 ေ--ာင်、 ေ--ာင်း ）<br>y ＋ aung | | |
| --- | --- | --- | --- |
| | ေ--ျာင့် yaung丶 | ေ--ျာင် yaungˇ | ေ--ျာင်း yaung： |
| က k | ကျောင့် | ကျောင် | ကျောင်း |
| ခ kh | ချောင့် | ချောင် | ချောင်း |
| ဂ g | ဂျောင့် | ဂျောင် | ဂျောင်း |
| ပ p | ပျောင့် | ပျောင် | ပျောင်း |
| ဖ ph | ဖျောင့် | ဖျောင် | ဖျောင်း |
| ဗ b | ဗျောင့် | ဗျောင် | ဗျောင်း |
| မ m | မျောင့် | မျောင် | မျောင်း |
| လ l | လျောင့် | လျောင် | လျောင်း |

## （四）單子音符號 ႈ

子音字母與單子音符號 ႈ 結合後，子音要加上 ha、的音，例如：မ 加上 ႈ 變成 မှ，唸 m＋ha、（mha、），而 မှ 再與 3 個聲調的符號 1（ေ--ာင့်、ေ--ာင်、ေ--ာင်း）結合後變成 မှောင့်、မှောင်、မှောင်း。

以下表格列舉了幾個子音字母，請先與單子音符號 ႈ 及鼻音化母音 aung （符號 1）做結合，並練習發音。

| 子音字母 ＼ 聲調 | 單子音符號 ႈ ＋符號 1（ေ--ာင့်、ေ--ာင်、ေ--ာင်း） h ＋ aung | | |
|---|---|---|---|
| | ေ--ာင့်　haung、 | ေ--ာင်　haungˇ | ေ--ာင်း　haung： |
| န n | နှောင့် | နှောင် | နှောင်း |
| မ m | မှောင့် | မှောင် | မှောင်း |
| ရ y | ရှောင့် | ရှောင် | ရှောင်း |
| လ l | လှောင့် | လှောင် | လှောင်း |

─ 小提醒 ─

ရ ＋ ႈ（ရှ）要唸成 sha、，而不是 yha、。

## （七）雙子音符號 ှ

ှ 這個符號是以 ျ 及 ှ 兩種單子音符號結合而成。

子音字母與雙子音符號 ှ 結合後，子音要加上 yha、 的音，例如：လ 加上 ှ 變成 လျှ，唸 l ＋ yha、（lyha、），而 လျှ 再與 3 個聲調的符號 1（ေ—ာင့်、ေ—ာင်、ေ—ာင်း）結合後變成 ေလျှာင့်、ေလျှာင်、ေလျှာင်း。

以下表格以 လ 為例，請先與雙子音符號 ှ 及鼻音化母音 aung（符號 1）做結合，並練習發音。

| 子音字母 ＼ 聲調 | 雙子音符號 ှ ＋符號 1（ေ—ာင့်、ေ—ာင်、ေ—ာင်း）<br>yh ＋ aung | | |
|---|---|---|---|
| | ေ—ှာင့်<br>yhaung、 | ေ—ှာင်<br>yhaung˘ | ေ—ှာင်း<br>yhaung ： |
| လ 1 | ေလျှာင့် | ေလျှာင် | ေလျှာင်း |

—— 小提醒 ——

လျှ 是多音字，也可以唸成 sha˘。

子音字母與（三）、（五）、（六）、（八）至（十一）之子音符號結合後（詳見本書 P. 9），因無法與鼻音化母音 aung 的 3 個聲調（ေအာင့်、ေအာင်、ေအာင်း）再結合成為有意義的字，本書暫不做練習。

# 五、子音符號與鼻音化母音aung組合出的相關單字及短句 ▶ MP3-42

1. ကျောင်း　　　　　　　學校

2. အထက်တန်းကျောင်း　　高級中學

3. ချောင်း　　　　　　　溪

4. ကြောင်　　　　　　　貓

5. ပျော့ပျောင်း　　　　　柔軟

6. ပြောင်အောင်ဆေးပါ။　洗乾淨吧！

7. မြှောင်း　　　　　　　溝

8. ရေမြှောင်း　　　　　　水溝

9. ချောင်းဆိုး　　　　　　咳嗽

10. ပြောင်းဖူး　　　　　　玉米

11. ဘောင်းဘီချောင်နေတယ်။　褲子很鬆。

12. လည်ချောင်း　　　　　喉嚨

13. ရွှေသာလျောင်းဘုရား　臥佛

14. ရေလှောင်ထားပါ။　　要儲水喔！

15. အလာကောင်းပေမဲ့အခါနှောင်းခဲ့ပြီ။　為時已晚。（不能及時趕上。）

16. မှောင်မဲနေတာပဲ။　　好暗喔！

# 六、綜合測驗 ▶ MP3-43 讓緬甸人讀給您聽！

請練習讀讀看下面的文章。

## မြန်မာကလေးကစားစရာ

### 緬甸童玩

ကျွန်တော်တို့ သည် လပြည့်နေ့ တွင် ပွဲဈေးသို့ သွား သည်။

我們在月圓時去市集。

ပွဲဈေးသို့ ရောက်သောအခါ မြန်မာကလေးကစားစရာများကို တွေ့ ရပါသည်။

到市集時，看到很多緬甸童玩。

ရွှံ့ ဖြင့် ပြုလုပ်သော အရုပ်ကလေးများမှာ ချစ်စရာ ကောင်းလှပါသည်။

用泥巴製作的玩偶很可愛。

စက္ကူဖြင့် ပြုလုပ်ထားသော ဇီးကွက်ရုပ်နှင့် ပစ်တိုင်းထောင်ရုပ် တို့ ကိုလည်း
တွေ့ ရပါသည်။

看到了用紙製作的貓頭鷹和不倒翁。

အဝတ်စဖြင့် လုပ်ထားသော မင်းသားရုပ်၊ မင်းသမီးရုပ်များကို လည်း
တွေ့ ရပါသည်။

也看到了用布製作的王子和公主布偶。

ဝါးဖြင့် လုပ်ထားသော ပလွေ၊ ဓါး၊ သေနတ်တို့ ကို လည်း တွေ့ ရ ပါ သည်။

還看到了用竹子製作的笛子、刀和槍。

ကျွန်တော်တို့ သည် ထိုအရုပ်များကို အလွန်နှစ်သက်ပါသည်။

我們非常喜歡那些玩具。

ထို့ ကြောင့် အရုပ်ဆိုင်မှ မထွာနိုင်အောင် ဖြစ်နေကြပါသည်။

所以變得無法從玩具店離開。

# 七、生活會話 ▶ MP3-44

場景：A、B 兩人在會議上相遇。

A: ခင်ဗျားဘယ်နိုင်ငံသားလဲ။　　　你是哪一國人？

B: ကျွန်တော်ထိုင်ဝမ်နိုင်ငံသားပါး။　　我是台灣人。

A: ခင်ဗျားဗမာစကားတက်တယ်နော်။　你會講緬甸語吧！

B: ဟုတ်ကဲ့ ၊နည်းနည်းပါးပါးတက်တယ်။　是，我會講一點點。

B: ခင်ဗျားရော ဘယ်နိုင်ငံသားလဲ။　　你呢？你是哪一國人？

A: ကျွန်တော်ဂျပန်နိုင်ငံသားပါ။　　我是日本人。

B: ခင်ဗျားဗမာစကားဘယ်မှာသင်တာလဲ။　你是在哪裡學習緬甸語的呢？

A: မြန်မာပြည်မှာသင်တာပါ။　　　我在緬甸學的。

A: ခင်ဗျားရော။　　　　　你呢？

B: ကျွန်တော်က ထိုင်ဝမ်မှာသင်ခဲ့ တာပါ။　我在台灣學的。

# 文化常識　緬甸的糯糊節

　　緬甸的傳統節慶中，最著名的是潑水節和點燈節，再來就是糯糊節了。糯糊節是在緬曆的 11 月份，也就是新曆的 2 月份，是緬甸天氣最冷的一個月。

　　由於天氣寒冷，所以在糯糊節這天，虔誠的佛教徒們會將香木堆起來燒，讓佛祖取暖。這時剛好也是緬甸五穀豐收的季節，滿懷喜悅的人們為了慶賀豐收及分享農人的喜悅，會將糯米、芝麻油、椰子油、花生、薑等食材混合，煮熟後搗成糊狀並做成佛塔造型，用來供奉佛祖及僧侶，並向人們佈施。

　　在糯糊節這天也會舉辦搗糯糊比賽，每組參賽人數至少要有三人。因為糯糊黏稠度非常高，必須要有強而有力的壯丁拿著像槳一般的大鏟子攪拌，另一位則扮演大廚的角色，判斷糯糊的濃稠度是否恰當、是否要加水，還有是否加油或調味也都由他來決定。大廚的角色很重要，若是加太多水，糯糊會太軟；水太少，糯糊會太硬。另外，火候的調整也是由大廚來操控，因為搗糯糊比賽規定要用木柴生火，所以要懂得拿捏火候，這也是非常困難的事情。搗糯糊比賽的過程中，可親眼目睹在寒冷的冬天，參賽者們汗流浹背、使盡全力、互不相讓地參與比賽。現場的朋友們敲鑼打鼓、勁歌熱舞，為自己支持的參賽者加油打氣，場面十分熱鬧。

　　製作糯糊的過程複雜，又必須經過很多的程序，加上成品完成後，除了供奉佛祖也會分享給鄰居，因此無法一人作業，必須要整個團隊合作才能完成這件大事，所以糯糊節也是展現「團結就是力量」的一個節慶。

# MEMO

# 鼻音化母音aing
# （ အိုင့် 、 အိုင် 、 အိုင်း ）
# 的發音、單字及生活會話

## 學習目標

1. 鼻音化母音 aing（ အိုင့် 、 အိုင် 、 အိုင်း ）的發音、符號及聲調

2. 練習 33 個子音字母與鼻音化母音 aing 組合後的發音方式及其單字

3. 學習子音符號與鼻音化母音 aing 組合後的發音方式及其單字

4. 會話練習：如何去百貨公司？

5. 文化常識：佛塔之都——蒲甘

# 一、鼻音化母音aing的聲調與符號

| 發音 | aing、 | aingˇ | aing： |
|---|---|---|---|
| 符號 | ိ-ုဲ | ိ-ုဲ | ိ-ုဲး |
| 例如 | အိုဲင့် | အိုဲင် | အိုဲင်း |
| 備註 | （1）鼻音化母音又稱為字尾音 | | |

　　緬甸語的聲調排列，以台灣的注音符號學習者來説，是以第四聲、第三聲及高音拉長音的方式呈現。鼻音化母音 aing、／aingˇ／aing：為基本母音 အို（o）和鼻音化母音 အင်（ing）的結合，又因基本母音 အို（o）本身就是結合了母音 အိ（i）及母音 အု（u）的雙母音，所以鼻音化母音 aing 實為三個母音的結合。

# 二、拼音練習 ▶ MP3-45

運用符號，將 33 個子音字母與基本母音 aing 的 3 個聲調（အိုင့်、အိုင်、အိုင်း）相結合。

| 子音字母 ＼ 符號 | 使用符號的組合 | | |
|---|---|---|---|
| | ◌ိုင့် aing、 | ◌ိုင် aingˇ | ◌ိုင်း aing： |
| က k | ကိုင့် | ကိုင် | ကိုင်း |
| ခ kh | ခိုင့် | ခိုင် | ခိုင်း |
| စ s | စိုင့် | စိုင် | စိုင်း |
| ဂ g | ဂိုင့် | ဂိုင် | ဂိုင်း (ဂိုက်း) |
| ဆ s | ဆိုင့် | ဆိုင် | ဆိုင်း |
| ဇ z | ဇိုင့် | ဇိုင် | ဇိုင်း |
| တ t | တိုင့် | တိုင် | တိုင်း |
| ထ th | ထိုင့် | ထိုင် | ထိုင်း |
| ဒ d | ဒိုင့် | ဒိုင် | ဒိုင်း |
| န n | နိုင့် | နိုင် | နိုင်း |
| ပ p | ပိုင့် | ပိုင် | ပိုင်း |
| ဖ ph | ဖိုင့် | ဖိုင် | ဖိုင်း |
| ဗ b | ဗိုင့် | ဗိုင် | ဗိုင်း |
| ဘ b | ဘိုင့် | ဘိုင် | ဘိုင်း |
| မ m | မိုင့် | မိုင် | မိုင်း |

| 使用符號的組合 | | | |
|---|---|---|---|
| 符號<br>子音字母 | ◌ိုင့် aing ˋ | ◌ိုင် aing ˇ | ◌ိုင်း aing ː |
| ယ y | ယိုင့် | ယိုင် | ယိုင်း |
| ရ y | ရိုင့် | ရိုင် | ရိုင်း |
| လ l | လိုင့် | လိုင် | လိုင်း |
| ဝ w | ဝိုင့် | ဝိုင် | ဝိုင်း |
| သ tt | သိုင့် | သိုင် | သိုင်း |
| ဟ h | ဟိုင့် | ဟိုင် | ဟိုင်း |

# 三、鼻音化母音aing的相關單字及短句 ▶MP3-46

1. တိုင်း　　　　　縣

2. တိုင်　　　　　柱子

3. ဓာတ်တိုင်　　　電線桿

4. ဖယောင်းတိုင်　　蠟燭

5. ရေအိုင်　　　　池塘

6. နိုင်ငံ　　　　　國家

7. လူတိုင်း　　　　人人

8. အနိုင်ရသူ　　　勝利者

9. စက်ဝိုင်း　　　　圓規

10. တံတိုင်　　　　圍牆

11. ထိုင်ပါ။　　　　請坐。

12. ဆိုင်းဝိုင်း　　　　樂團

13. ရိုင်းစိုင်း　　　　野蠻

14. တိုင်းရင်းသား　　民族

15. ဆေးဆိုင်　　　　藥店

16. ဈေးဆိုင်　　　　商店

17. ဆိုင်စောင့်　　　顧店

18. ထိုင်ခုံ　　　　　椅子

# 四、拼音練習 ▶MP3-47

　　將子音符號與鼻音化母音 aing 的 3 個聲調（အိုင့်、အိုင်、အိုင်း）相結合。

## （一）單子音符號 ┌-┐

　　子音字母與單子音符號 ┌-┐ 結合後，子音要加上 ya、的音，例如：က 加上 ┌-┐ 變成 ကျ，唸 k＋ya、（kya、），而 ကျ 再與 3 個聲調的符號（ုိ်）、ုိ်、ုိ်း）結合後變成 ကျိုင့်、ကျိုင်、ကျိုင်း。

　　以下表格列舉了幾個子音字母，請先與單子音符號 ┌-┐ 及鼻音化母音 aing 的 3 個聲調（符號）做結合，並練習發音。

| 子音字母 ＼ 聲調 | 單子音符號 ┌-┐ ＋符號（ုိ်）、ုိ်、ုိ်း）y ＋ aing | | |
|---|---|---|---|
| | ┌-┐ိုင့် yaing、 | ┌-┐ိုင် yaing˅ | ┌-┐ိုင်း yaing：|
| က k | ကျိုင့် | ကျိုင် | ကျိုင်း |
| ခ kh | ချိုင့် | ချိုင် | ချိုင်း |
| င ng | ငျိုင့် | ငျိုင် | ငျိုင်း |
| ပ p | ပျိုင့် | ပျိုင် | ပျိုင်း |
| ဖ ph | ဖျိုင့် | ဖျိုင် | ဖျိုင်း |
| မ m | မျိုင့် | မျိုင် | မျိုင်း |

## （二）單子音符號 ျ

與 ြ 同音，唸 ya丶。

子音字母與單子音符號 ျ 結合後，子音要加上 ya丶 的音，例如：က 加上 ျ 變成 ကျ，唸 k ＋ ya丶（kya丶），而 ကျ 再與 3 個聲調的符號（ ိုင့်、ိုင်、ိုင်း ）結合後變成 ကျိုင့်、ကျိုင်、ကျိုင်း。

以下表格列舉了幾個子音字母，請先與單子音符號 ျ 及鼻音化母音 aing 的 3 個聲調（符號）做結合，並練習發音。

| 子音字母＼聲調 | 單子音符號 ျ ＋符號（ ိုင့်、ိုင်、ိုင်း ）y ＋ aing | | |
| --- | --- | --- | --- |
| | ိုျင့် yaing丶 | ိုျင် yaing˅ | ိုျင်း yaing：|
| က k | ကျိုင့် | ကျိုင် | ကျိုင်း |
| ခ kh | ချိုင့် | ချိုင် | ချိုင်း |
| ဂ g | ဂျိုင့် | ဂျိုင် | ဂျိုင်း |
| ပ p | ပျိုင့် | ပျိုင် | ပျိုင်း |
| ဖ ph | ဖျိုင့် | ဖျိုင် | ဖျိုင်း |
| ဗ b | ဗျိုင့် | ဗျိုင် | ဗျိုင်း |

## （三）單子音符號 ္ဝ

　　子音字母與單子音符號 ္ဝ 結合後，子音要加上 wa、 的音，例如：က 加上 ္ဝ 變成 ကွ，唸 k ＋ wa、（kwa、），而 ကွ 再與 3 個聲調的符號（ ္ဝိုင်္ 、 ္ဝိုင် 、 ္ဝိုင်း ）結合後變成 ကွိုင်္ 、 ကွိုင် 、 ကွိုင်း 。

　　以下表格列舉了幾個子音字母，請先與單子音符號 ္ဝ 及鼻音化母音 aing 的 3 個聲調（符號）做結合，並練習發音。

| 聲調<br>子音字母 | 單子音符號 ္ဝ ＋符號（ ္ဝိုင်္ 、 ္ဝိုင် 、 ္ဝိုင်း ）<br>w ＋ aing | | |
| --- | --- | --- | --- |
| | ္ဝိုင်္ 　waing、 | ္ဝိုင် 　waingˇ | ္ဝိုင်း 　waing： |
| က k | ကွိုင်္ | ကွိုင် | ကွိုင်း |
| ပ p | ပွိုင်္ | ပွိုင် | ပွိုင်း |

## （四）單子音符號 ◌ှ

子音字母與單子音符號 ◌ှ 結合後，子音要加上 ha、 的音，例如：မ 加上 ◌ှ 變成 မှ，唸 m ＋ ha、（mha、），而 မှ 再與 3 個聲調的符號 1（◌ိုင့်、◌ိုင်、◌ိုင်း）結合後變成 မှိုင့်、မှိုင်、မှိုင်း。

以下表格列舉了幾個子音字母，請先與單子音符號 ◌ှ 及鼻音化母音 aing 的 3 個聲調（符號）做結合，並練習發音。

| | 單子音符號 ◌ှ ＋符號（◌ိုင့်、◌ိုင်、◌ိုင်း）<br>h ＋ aing | | |
|---|---|---|---|
| 聲調 / 子音字母 | ◌ှိုင့် haing、 | ◌ှိုင် haingˇ | ◌ှိုင်း haing： |
| န n | နှိုင့် | နှိုင် | နှိုင်း |
| မ m | မှိုင့် | မှိုင် | မှိုင်း |
| လ l | လှိုင့် | လှိုင် | လှိုင်း |

子音字母與（五）至（十一）之子音符號結合後（詳見本書 P. 9），因無法與鼻音化母音 aing 的 3 個聲調（အိုင့်、အိုင်、အိုင်း）再結合成為有意義的字，本書暫不做練習。

## 五、子音符號與鼻音化母音aing組合的單字及短句 ▶ MP3-48

1. ဖျိုင်းဖြူ　　　　　　白鷺鷥

2. နှိုင်းယှဉ်　　　　　　比較

3. အနှိုင်းမဲ့　　　　　　無比

4. ယှဉ်ပြိုင်　　　　　　比賽

5. အပြေးပြိုင်ပွဲ　　　　跑步比賽

6. လူလူချင်းမနှိုင်းနဲ့။　　　　　　人和人之間不要做比較。

7. မွေးကြိုင်　　　　　　香噴噴

8. ထွားကြိုင်း　　　　　壯碩

9. ထမင်းချိုင့်　　　　　便當盒

10. ရှေ့မှာချိုင့်ရှိတယ်ဖြေးဖြေးသွား။　　前面的路凹凸不平，要慢慢走。

11. ချိုင်းထောက်　　　　拐杖

12. မိုးဖြိုင်ဖြိုင်ရွာသည်　　傾盆大雨

13. ဒီနှစ် အသီးလိုင်လိုင်ထွက်သည်။　今年水果大豐收。

14. မြိုင်မြိုင်ဆိုင်ဆိုင်　　　　　　熱熱鬧鬧

15. လှိုင်း　　　　　　　浪

16. မြစ်ထဲ ဒီနေ့ လှိုင်း ကြီးသည်။　　今天江裡浪很大。

# 六、綜合測驗　▶ MP3-49　讓緬甸人讀給您聽！

請練習讀讀看下面的文章。

## ကျွန်ုပ်တို့ နိုင်ငံ

我們國家的名字

ကျွန်ုပ်တို့ နိုင်ငံ၏အမည်မှာ ပြည်ထောင်စုမြန်မာနိုင်ငံ ဖြစ်ပါသည်။

我們國家的名字叫緬甸聯邦共和國。

ကျွန်ုပ်တို့ နိုင်ငံတွင် ကချင်၊ ကယား၊ ကရင်၊ ချင်း၊ မွန်၊ ဗမာ၊ ရခိုင်၊ ရှမ်း စသော တိုင်းရင်းသားလူမျိုးစုပေါင်း(၁၃၅)မျိုး စုပေါင်းနေထိုင်လျက်ရှိပါသည်။

我們的國家有克欽族、克椰族、克倫族、欽族、孟族、緬族、若開族、襌族……等等，共 135 個民族共同居住。

ကျွန်ုပ်တို့ မြန်မာနိုင်ငံကို တိုင်း(၇)တိုင်းနှင့် ပြည်နယ်(၇)ခုခွဲခြားထားပါသည်။

緬甸分為七個省份和七個聯邦省。

တိုင်း(၇)တိုင်းမှာ စစ်ကိုင်းတိုင်း၊ တနင်္သာရီတိုင်း၊ ပဲခူးတိုင်း၊ မကွေးတိုင်း၊ မန္တလေးတိုင်း၊ ရန်ကုန်တိုင်းနှင့် ဧရာဝတီတိုင်းတို့ ဖြစ်ကြပါသည်။

七個省份為寺該省、得您達一省、伯固省、儒歸省、曼德勒省、仰光省，以及依洛瓦迪省。

ပြည်နယ်(၇)ခုမှာ ကချင်ပြည်နယ်၊ ကယားပြည်နယ်၊ ကရင်ပြည်နယ်၊ ချင်းပြည်နယ်၊ မွန်ပြည်နယ်၊ ရခိုင်ပြည်နယ်နှင့် ရှမ်းပြည်နယ်တို့ ဖြစ်ပါသည်။

七個聯邦省為克欽聯邦省、克椰聯邦省、克倫聯邦省、欽聯邦省、孟聯邦省、若開聯邦省，以及襌聯邦省。

# 七、生活會話 ▶ MP3-50

場景：A 向 B 問路。

A: တဆိတ်မေးပါရစေ၊ကုန်တိုက်ကြီးကိုဘယ်လိုသွားရမလဲ။

請問一下，如何去百貨公司？

B: ရှေ့ကိုတည့်တည့်သွား၊လမ်းဆုံရောက်ရင်ညာဘက်ကိုကွေ့။

直直走，到路口右轉。

A: ဒီနေရာနဲ့ဝေးသလား။

離這邊遠嗎？

B: သိပ်မဝေးပါဘူး။

不會很遠。

A: လမ်းလျှောက်သွားရင်ဘယ်လောက်ကြာမလဲ။

走路去需要多久？

B: မိနစ် ၂၀ လောက်တော့ကြာမယ်။

需要 20 分鐘左右。

A: လိုင်းကားရောရှိလား။

有公車嗎？

B: ဒီနားမှာလိုင်းကားမရှိဘူး။

這附近沒有公車。

A: တက်ဆီနဲ့ သွားရင် ဘယ်လောက်လောက်ကျမလဲ။

坐計程車去大概會是多少錢？

B: ၂၀၀၀ လောက်တော့ ကျမယ်။

大約 2000 緬元。

A: ဟုတ်ကဲ့ ၊ကျေးဇူးပဲနော်။

好的！謝謝。

# 文化常識　佛塔之都——蒲甘

　　蒲甘位於緬甸中部，座落在伊洛瓦底江中游左岸，是緬甸曼德勒省的一個具有悠久歷史的地方，也是佛教文化遺址。蒲甘古都擁有 12 座宏偉的城門，並有護城河環繞，更有超過 10,000 個上座部佛教寺廟矗立於此，還有蒲甘平原的寶塔和寺院等，都是緬甸各個歷史時期保留下來的珍貴建物。這些建築藝術是緬甸古老建築藝術的縮影，也表現了緬甸人民的智慧和創造力。至今，擁有 2200 年歷史的寺廟和佛塔依然完好，不僅成為緬甸的歷史文化遺產，蒲甘也因此成為緬甸重要的旅遊城市。

　　公元 11 世紀初，阿努律陀國王率兵征戰，併吞了文化發達的緬甸南部，並在蒲甘建立了緬甸歷史上第一個王朝——著名的蒲甘王朝。自 1044 年起，蒲甘成為蒲甘王朝歷代君王的首都，前後長達 240 年之久。阿努律陀國王是一位虔誠的佛教徒，他在征戰緬甸南部時，獲取了 30 多部寶貴的三臟經，俘虜 300 名博才的高僧和大批技藝精湛的各類工匠，便在蒲甘大興土木，營建大量佛塔、佛寺。而有關蒲甘王朝建造的佛塔數量眾說紛紜，據說在前後 200 多年間共建了 1.3 萬多座佛塔，也有在蒲甘方圓數十公里範圍內共建了 444 萬餘座的說法，但不論何者正確，建造數量之多已使蒲甘享有「四百萬寶塔之城」的稱號。這些佛塔的數量甚至超過城市居民的人數，建築精巧、風格不一的佛塔遍布城內城外，一片片、一簇簇，舉目皆是，密如蛛網。有的高聳於市區，有的座落在郊外的山坡上，有的排列在伊洛瓦底江岸，有的潔白素雅，有的金光閃閃。

　　塔內的佛像有坐、臥、立、行等姿態多樣，大小高矮各不盡相同，臉部表情各有特色，塔內壁畫精雕細刻、巧奪天工。蒲甘王朝的建塔規模之宏偉，堪稱緬甸建塔歷史上的巔峰，使蒲甘城成為當時緬甸文化、宗教的中心，迄今依然保持著緬甸宗教文化上的最高地位。

　　近千年來，由於緬甸政治中心南移，加上幾次戰爭的催毀以及 19 世紀西方殖民主義者的侵入，蒲甘的佛塔遭到嚴重破壞，有的倒塌，有的傾斜，有的毀壞，又在 1975 年的地震中受到不同程度的損壞。雖然經歷了波折，蒲甘古城在緬甸人心中的地位仍然屹立不搖。

# 10

## 緬甸文中的標點符號及其他特殊用法

 學習目標

1. 了解緬甸文中的標點符號及特殊用法
2. 了解緬甸文中的數字及位數
3. 了解疊字的唸法及變音規則

# 一、標點符號

　　緬甸文的主要標點符號有單槓號（။）及雙槓號（။）兩種。緬甸文本身本來沒有驚嘆號及問號，但由於對外開放後受到其他語言的影響，現代緬甸文當中也會經常出現驚嘆號及問號。緬甸文的書寫方式沒有空格，但有時為了方便閱讀，文章中間會留一些空格。

## 單槓號（။）：

　　此符號在句子中表示停頓，相當於中文的逗號及頓號。

例如：မြန်မာနိုင်ငံတွင် နွေ၊ မိုး၊ ဆောင်းဟူ၍ဥတုသုံးပါးရှိသည်။

　　　（緬甸有夏季、雨季及冬季這三季。）

## 雙槓號（။）：

　　此符號表示一個句子的結束，相當於中文的句號。

例如：ကျွန်မ နာမည်ဒေါ်စိန်ရင်ပါ။　　　（我的名字是多森音。）

　　緬甸文中雖然沒有問號，但可以從句末助詞中看得出來是不是問句。「လား」、「လဲ」和「နည်း」都是問句的句末助詞，但「နည်း」大多使用於書寫或考試測驗時，口語中很少使用。

例如：စားပြီးပြီလား။　　　　　（吃飽了嗎？）

　　　ဘာစားမလဲ။　　　　　（要吃什麼？）

　　　နေကောင်းပါသလား။　　（你好嗎？）

　　　အဘယ်ကြောင့်နည်း။　　（為什麼？）

　　此外，還有一些常見的符號，例如：括弧 ( )、下線 ＿、短線 - 及斜線 /，以下將分別介紹。

## 括弧 ( )：

意義相同，但有不同寫法時用括號。

例如：၁၃၄၄-ခု၊နယုန်လပြည့်ကျော်၊ ၆-ရက် (၁၉၈၂-ခု၊ ဇွန်လ၊ ၁၂-ရက်)

簽名時，用 ( ) 表示自己的名字，名字下面寫自己的頭銜。

例如：(ဦးရဲအောင်)　　　（巫耶航）

ညွှန်ကြားရေးမှူး　　　（指揮官）

## 下線 ＿ ：

寫大標題、小標題時用，或想要強調某事物時會畫下線。

例如：မြန်မာစာဖတ်စာ　　　（緬文讀本）

## 短線 - ：

當數字與字母被寫在一起，或兩個名詞連在一起時，為了好分辨而用短線隔開。

例如：၁၂-ရက်၊ ဇွန်လ၊ ၁၉၈၂-ခု　　　（1982 年 6 月 12 日）

ရန်ကုန်-မန္တလေး အမြန်ရထား　　　（仰光－瓦城　快速火車）

## 斜線 / ：

有選項時用斜線作區隔。

例如：ကျား / မ　　　（男／女）

သက်ရှိ / ကွယ်လွန်　　　（存／亡）

နိုင်ငံခြားသား / နိုင်ငံသား　　　（外國人／本國人）

# 二、特殊字母

緬甸文中除了子音字母、子音符號之外，還有以下這些獨立存在、不會與任何符號結合的特殊字母。

| 特殊字母 | 發音 | 功用 | 例如 |
|---|---|---|---|
| ဧ | အေ [ayˇ] | 無意義 | ဧရာဝတီ（伊洛瓦底江）<br>ဧပြီ（四月份） |
| ၏ | အိ [iˋ] | 1.句末助詞（書寫時用）<br>2.表示所有格，等同於口語的 ရဲ့（的） | ကလေးကစားနေ၏။（小孩在玩耍。）<br>နွေဦးအခါသာယာ၏။（夏天風景美。）<br>ကျွန်မ၏စာအုပ်（我的書） |
| ဩ | အိ [iˋ] | 無意義 | ဣတ္ထိလိင်（性別） |
| ဤ | အိ [iˇ] | 指示代名詞，「這個」的意思 | ဤခရီးနီးသလား။（這路途近嗎？） |
| ဪ | အော [aw:] | 無意義 | ဩဇာသီး（釋迦）<br>ဩဂုတ်လ（八月份） |
| ဩ် | အော် [awˇ] | 感嘆詞，表示驚訝、高興 | ဩ်ဟုတ်လား။（喔！是嗎？） |

| 特殊<br>字母 | 發音 | 功用 | 例如 |
|---|---|---|---|
| ဉ | အၟ<br>[uˋ] | 1. 形容圓又小的東西<br>（球狀物、珠狀物等）<br>2. 卵、蛋<br>3. 根莖類蔬菜<br>4. 狀聲詞 | သွေးနီဉ（紅血球）<br>မျက်ရည်ဉ（淚珠）<br>ကြက်ဉ（雞蛋）<br>ဘဲဉ（鴨蛋）<br>မုန်လာဉ（紅蘿蔔）<br>ကန်ဇွန်းဉ（地瓜）<br>ဉပဒေ（法律）<br>ဉပမာ（例如）<br>ပန်းဉယျဉ်（花園）<br>ဉဩ（布穀鳥） |
| ဦ | အၟ<br>[uˇ] | 無意義 | ဉဦသဲသဲ（吵吵鬧鬧） |
| ဦး | အၟး<br>[u:] | 1. 對男性的尊稱<br>2. 頭、首<br>3. 特別優先<br>4. 人數的單位<br>5. 單位的領導者<br>6. 創始<br>7. 最初、開始、搶先 | ဦးဝင်းကြည်（巫溫基）<br>ဦးလေး（叔叔伯伯）<br>ဦးခေါင်း（頭）<br>ဦးစားပေး（優先）<br>မိန်းကလေးရှ်ဦး（五個女生）<br>အိမ်ထောင်ဦးစီး（戶長）<br>ပထမဦးဆုံး（第一個）<br>နွေဦး（初夏）<br>သားဦး（長子）<br>နေရာဦးသွားသည်။<br>（搶先佔到位子。） |

| 特殊字母 | 發音 | 功用 | 例如 |
|---|---|---|---|
| ဦး | အုံး [oung:] | 吆喝的口氣 | စားပါဦး॥（來吃吧！）<br>သောက်ပါဦး॥（來喝吧！）<br>လုပ်ပါဦး॥（來幫忙吧！）<br>ကယ်ပါဦး॥（救救我吧！）<br>လာပါဦး॥（過來吧！） |
| ၎င်း | လည်းကောင်း [le: kaung:] | 1. လည်းကောင်း 的縮寫<br>2. 放在句子最前面時，當代詞用，有「那」或「它」的意思 | ၎င်းပစ္စည်းအားလုံးကိုနိုင်ငံခြားသို့ပို့ မည်॥<br>（那些貨物都要送往國外。）<br>၎င်းမေးခွန်းများကိုဖြေပါ॥<br>（請回答那些題目。） |
| ၌ | နှိက် [nhaik] | 表示方位或時間的用詞，有「在」的意思 | ၌နေရာ၌မြွေရှိသည်॥<br>（在這個位置有蛇。）<br>နွေရာသီအချိန်၌သရက်သီးပေါ၏॥<br>（在夏季時有很多芒果。） |
| ၍ | ရွေ့ [yway、] | 連接詞，有「在……之後」的意思 | ရေသွန်း၍စိုက်ပျိုးရ၏॥<br>（用水灌溉後種植。）<br>ဖုန်းလွတ်ကျ၍ကွဲသွား၏॥<br>（電話掉落後故障了。） |
| သသ | သ [tta] | 無意義 | အလဟသသ（浪費）<br>ပြဿနာ（問題）<br>ပိဿာ（緬甸的重量單位「斤」，約等於 3.2931 台斤、1.646 公斤，或 3.63 磅） |

# 三、數字及位數

緬甸各地的門牌號碼、車牌號碼、市場裡的價格等數字，都是用緬甸文特有的數字符號標示，因此若打算要去緬甸，必須要學會緬甸文的數字符號，以及緬甸文的位數寫法。

**數字符號表**

| 數字 | 數字符號 | 書寫法及發音 |
|:---:|:---:|:---|
| 0 | ၀ | သုည / သုန်ည [tong˅nya] |
| 1 | ၁ | တစ် [tit] |
| 2 | ၂ | နှစ် [nit] |
| 3 | ၃ | သုံး [tong:] |
| 4 | ၄ | လေး [lay:] |
| 5 | ၅ | ငါး [ngar:] |
| 6 | ၆ | ခြောက် [chout] |
| 7 | ၇ | ခုနစ် [ku ˋ nit] |
| 8 | ၈ | ရှစ် [shit] |
| 9 | ၉ | ကိုး [ko:] |
| 10 | ၁၀ | တစ်ဆယ် [t se˅] |

## 位數表

| 位數 | 書寫法及發音 |
|:---:|:---|
| 個 | ခု [ku ˋ] |
| 十 | ဆယ် [seˇ] |
| 百 | ရာ [yarˇ] |
| 千 | ထောင် [thaung:] |
| 萬 | သောင်း [thaung:] |
| 十萬 | သိန်း [thein:] |
| 百萬 | သန်း [than:] |

# 四、疊字

　　疊字是指兩個字母重疊在一起，大部分的疊字來自緬甸的文言文。在一個詞語中，疊字通常不會出現在字首，通常出現在第二個或第三個位置。疊字的書寫法是有固定規範的，例如：33 個字母中，在總表同一行的字母才可以相疊；相疊時，可以是相同的字母重疊，例如：ဣ္ဍ ဏ္ဏ ဋ္ဋ ဍ္ဎ ဘ္ဘ ဒ္ဒ，也可以同行不同字相疊，例如：က္ခ ဂ္ဃ ဋ္ဌ ဏ္ဍ ဒ္ဓ န္ဒ န္ဗ မ္ပ မ္ဗ。本書因著重於讀的教學，故不一一說明其他書寫規範。

　　讀疊字時，通常將疊字分成上下兩部份，上方字母加上「ဲ」的符號，並與前面的子音一起讀，下方字母則與後面的母音符號或子音一起讀，或可單獨發音。請練習以下讀法。

စက္ကူ = စက်ကူ（紙張）

ပုဂ္ဂလိက = ပုဂ်ဂလိက（私人）

ပစ္စည်း = ပစ်စည်း（物品）

ဝိဇ္ဇာ = ဝိဇ်ဇာ（天文地理）

သတ္တဝါ = သတ်တဝါ（動物）

သဒ္ဒါ = သဒ်ဒါ（文法）

ပြက္ခဒိန် = ပြက်ခဒိန်（日曆）

တစ္ဆေ = တစ်ဆေ（鬼魂）

စတုတ္ထ = စတုတ်ထ（第四）

မန္တလေး = မန်းတလေး（曼德勒）

　　也有一些縮寫字，會將疊字寫在最前方，雖然不符合疊字的書寫規則，但讀音規則不變。例如：

ထွင်း = ထဝင်း（飯）

ယ္လ္ = ယခ（現在）

# 五、不規則符號

　　緬甸語除了子音符號、母音符號、字首符號及字尾符號（由字母總表的清音（不送氣）列及鼻音列之字母加上「္」）外，還有一些較少見的符號。

## 不規則符號表

| 不規則符號 | 發音 | 說明 | 例如 |
|---|---|---|---|
| ႆ、ၠ | et | 總表第一行的第二個和第三個字母的符號，故發第一行的字首音 က [et]。 | မုႆ ဦး（城門） |
| ႉ | it | 總表第二行的第三個字母的符號，故發第二行的字首音 စ [it]。 | သက္ကရာႉ（年分）<br>ယ႙ပူေဇာ္（祭拜神明） |
| ႍ | at | 總表第三行的第三個字母的符號，故發第三行的字首音 တ [at]。 | စာပိုႍ（短文）<br>ရလ႒（結果） |
| သ | at | 雖為總表第六行的第五個字母的符號，但發音時發第三行的字首音 တ [at]。 | ဥပုသ（齋戒） |
| ဘ | at | 總表第五行的第四個字母的符號，故發第五行的字首音 ပ [at]。 | လာဘ္ေကာင်းတယ်॥<br>（很幸運。） |
| ရ、လ | | 總表第六行的第二、三個字母的符號，不須特別發音，只需跟著前面的字母發音即可。 | ဗဟိုရ္（中心）<br>ဗိုလ္မှူး（將軍）<br>တက္ကသိုလ္（大學） |

# 六、變音

　　針對緬甸文讀和寫的部分，緬甸有一句俗語：**ရေးတော့အမှန် ဖတ်တော့အသံ**，意思是「寫緬甸文時要正確拼寫，讀緬甸文時必須要用口語的方式讀出」。從這句俗語中我們不難看出，緬甸文書寫時的拼音和讀出來的發音會有一些落差，所以不管在讀緬甸文或說緬甸語時，常會發現母音改變或子音改變的現象。雖然有些變音現象沒有規則可循，但大部分的變音現象還是可以找出它的規律性。除了變音現象外，還有一些「子音字母輕讀」的現象，以下將分別介紹。

## （一）子音輕讀的現象

　　子音字母在詞語中可以單獨發音，也就是說可以成為一個音節，子音本身沒有獨立意義，或在字首時讀音較弱，我們稱它為「輕讀」。接在「輕讀」後面的音一律不需要變音。

例如：**ကလေး**（小孩）唸 [g lay:]

　　　**ဆရာ**（老師）唸 [s yarˇ]

　　　**ရထား**（火車）唸 [y thar:]

　　　**နဂါး**（龍）唸 [n gar:]

　　　**မကောင်းဘူး**（不好）唸 [m kaung: bu:]

## （二）子音變音的現象

　　單字中的第一個子音若因輕讀現象而變音時，後面的子音也會跟著改變，變音規則為「將每行的第一個和第二個字母的音，變成第三個字母的發音」，也就是清音變濁音。

例如：**စပါး**（稻米）唸 **ဇပါး**

စကား（語言）唸 ဇဂါး

တပို့တွဲ（糯糊節）唸 ဒပို့တွဲ

## （三）鼻音化母音的變音現象

當字首是鼻音化母音時，後面接著的子音就需要變音。變音規則為「將每行的第一個和第二個字母的音，變成第三個字母的發音」，也就是清音變濁音。

例如：ပေတံ（尺）唸 ပေဒန်

 မေးခွန်း（問句）唸 မေးဂွန်း

ရေကန်（水池）唸 ရေဂန်

ကျည်ဆန်（子彈）唸 ကျည်ဇန်

လယ်ကွင်း（稻田）唸 လယ်ဂွင်း

## （四）短促母音後面的變音

原則上，短促母音是不會使子音產生變音的，例如：သစ်စ（木塊）、သစ်ပင်（樹木）、လိပ်စာ（地址），這些都沒有變音。

但也有少數的短促母音，會使後面的字會變音，例如：စက်ခေါင်း（機械的頂部）要唸成 စက်ဂေါင်း、လိပ်ခေါင်း（痔瘡）要唸成 လိပ်ဂေါင်း。

## （五）動詞變名詞的變音現象

有些單字在詞性不同的狀況下，雖然書寫方式相同，但發音會改變：當動詞使用時不需要變音，但當名詞使用時需要變音。例如：

| 單字的寫法 | 動詞的唸法 | 意思 | 名詞的唸法 | 意思 |
|---|---|---|---|---|
| ထမင်းချက် | ထမင်းချက်<br>[tha min: chyet] | 煮飯 | ထမင်းဂျက်<br>[tha min: gyet] | 煮飯人員 |
| မြင်းထိန်း | မြင်းထိန်း<br>[mying: thein] | 管理馬匹 | မြင်းဒိန်း<br>[mying: deing] | 管馬人員 |
| စာရင်းချုပ် | စာရင်းချုပ်<br>[s yin: chyoke] | 結帳 | စာရင်းဂျုပ်<br>[s yin: gyoke] | 管帳的人 |
| ကလေးထိန်း | ကလေးထိန်း<br>[k lay: thein] | 顧小孩 | ကလေးဒိန်း<br>[k lay deing] | 保母 |
| စာရင်းစစ် | စာရင်းစစ်<br>[s yin: sit] | 查帳 | စာရင်းဇစ်<br>[s yin zit] | 查帳人員 |

　　以上為常見的、有規則性的緬甸語變音現象，但也有一些不規則的變音現象及例外。若要把緬甸語很到位地說出來，必須先會發音，之後再了解有規律的變音現象，最後再慢慢從學習中體會緬甸語的精隨。

# 附錄

## 綜合測驗解答

## 第一課

請把聽到的圈起來，並寫出中文意思。

1. <u>飲用水</u>　သောက်ရည်　သောက်ရေ
2. <u>主顧客</u>　ဖောက်သည်　ဖောက်တယ်
3. <u>左邊</u>　ညာဘက်　ဘယ်ဘက်
4. <u>右邊</u>　ညာဘက်　ဘယ်ဘက်
5. <u>猴子</u>　မျောက်　မျောက်
6. <u>出口</u>　ထွက်ပေါက်　ထွက်သွား
7. <u>雞肉</u>　ကြက်သား　ကြက်သား
8. <u>鳥巢</u>　ငှက်သိုက်　ငှက်သိုတ်

## 第二課

請用緬甸文唸出以下的數字，並用緬甸文的數字寫法寫下來。　▶ MP3-51

1. 1　<u>၁</u>
2. 21　<u>၂၁</u>
3. 68　<u>၆၈</u>
4. 168　<u>၁၆၈</u>
5. 2018 年 10 月 28 日　<u>၂၈ရက် ၁၀လ ၂၀၁၈ခုနှစ်</u>
6. 2019 年 11 月 14 日　<u>၁၄ရက် ၁၁လ ၂၀၁၉ခုနှစ်</u>
7. 1974 年 8 月 9 日　<u>၉ရက် ၈လ ၁၉၇၄ခုနှစ်</u>
8. 2006 年 4 月 25 日　<u>၂၅ရက် ၄လ ၂၀၀၆ခုနှစ်</u>

## 第三課

請先唸出下列問句，再用緬甸語回答。　▶ MP3-52

1.　A: နေကောင်းလား။　　　　　　　身體好嗎？／你好嗎？

　　B: ကောင်းပါတယ်။　　　　　　　很好！

2.　A: တွေ့ ရတာဝမ်းသာပါတယ်။　　　很高興見到你！

　　B: ဟုတ်ကဲ့၊တွေ့ ရတာဝမ်းသာပါတယ်။　是的！很高興見到你！

3.　A: စားပြီးပြီလား။　　　　　　　吃飽沒？

　　B: စားပြီးပြီ။　　　　　　　　　吃飽了！

4.　A: ဘယ်ကလာသလဲ။　　　　　　從哪裡來？

　　B: မန္တလေးကလာတယ်။　　　　　從曼德勒來！

5.　A: ဘယ်ကိုသွားမလဲ။　　　　　　要去哪裡？

　　B: ရန်ကုန်ကိုသွားမယ်။　　　　　要去仰光！

6.　A: မင်းနာမည်ဘယ်လိုခေါ်လဲ။　　　你叫什麼名字？

　　B: ရီရီလွင်လို့ ခေါ်ပါတယ်။　　　　叫依依倫。

## 第四課

請先唸出下列答句，再用緬甸語反推出適當的問句。　▶ MP3-53

1.　A: နေကောင်းလား။　　　　　　　你好嗎？

　　B: နေကောင်းပါတယ်။　　　　　　很好！

2.　A: စားပြီးပြီလား။　　　　　　　吃飽沒？

　　B: မစားရသေးဘူး။　　　　　　　還沒！

3.　A: စားပြီးပြီလား။　　　　　　　吃飽沒？

　　B: စားပြီးပြီ။　　　　　　　　　吃飽了！

| | |
|---|---|
| 4. A: ဘယ်ကလာလဲ။ | 從哪裡來？ |
| B: ရန်ကုန်ကလာတယ်။ | 從仰光來！ |
| 5. A: ဘယ်ကိုသွားမလဲ။ | 要去哪裡？ |
| B: နေပြည်တော်ကိုသွားမယ်။ | 要去奈比嘟。 |
| 6. A: မင်းနာမည်ဘယ်လိုခေါ်လဲ။ | 你叫什麼名字？ |
| B: ကျွန်တော့်နာမည်မောင်ရဲအောင်ပါ။ | 我的名字叫毛耶坳。 |

## 第五課

請先唸出下列問句，再用緬甸語回答。 ▶MP3-54

| | |
|---|---|
| 1. A: ဘယ်နေ့ တုန်းက ရောက်သလဲ။ | 什麼時候到的？ |
| B: ၁၀ရက်နေ့ ကရောက်တယ်။ | 10 號那天到的。 |
| 2. A: ဘယ်နေ့ လာမလဲ။ | 哪一天要來？ |
| B: ၁၅ရက်နေ့ လာခဲ့ မယ်။ | 15 號那天要來。 |
| 3. A: ဒါဘယ်လောက်လဲ။ | 這多少錢？ |
| B: ဒါ ၅၀ ပါ။ | 這 50 元。 |
| 4. A: ဒီကားဘယ်လောက်လဲ။ | 這部車多少錢？ |
| B: သိန်း ၁၀၀-ပါ။ | 一千萬元。 |
| 5. A: ဓာတ်ဆီဘယ်လောက်လဲ။ | 汽油多少錢？ |
| B: တစ်ဂါလံ ၁၀၀၀-ပါ။ | 一加侖一千元。 |
| 6. A: ဓါတ်ပုံဆေးတာဘယ်လောက်ကြာမလဲ။ | 洗照片要多久？ |
| B: တစ်ပတ်လောက်ကြာမယ်။ | 大約一個禮拜。 |
| 7. A: တစ်ပတ်မှာ ဘယ်နှ (နှစ်) ရက်ရှိလဲ။ | 一週有幾天？ |

B: ရ- ရက်ရှိတယ်။ 　　　　　　　一週有 7 天。

8. A: တစ်ရက်မှာ ဘယ်နှ (နှစ်) နာရီရှိလဲ။ 　　一天有幾個小時？

B: ၂၄-နာရီရှိတယ်။ 　　　　　　　一天有 24 小時。

---

## 第六課

請先唸出下列句子，再用緬甸語反推出適當的問句。　▶ MP3-55

1. A: ဘယ်နေ့ ကရောက်လဲ။ 　　　　　　哪一天到的呢？

   B: မနေ့ (တုန်း) က ရောက်တယ်။ 　　　　昨天到的。

2. A: ဘယ်တော့လာမလဲ။ 　　　　　　　什麼時候來呢？

   B: မနက်ဖြန်လာခဲ့မယ်။ 　　　　　　明天來！

3. A: ဒါဘယ်လောက်လဲ။ 　　　　　　　這多少錢？

   B: သိန်းတစ်ရာပါ။ 　　　　　　　　一千萬元。

4. A: ဓာတ်ဆီတစ်ဂါလံဘယ်လောက်လဲ။ 　汽油一加侖多少錢？

   B: တစ်ဂါလံတစ်ထောင်ပါ။ 　　　　　一加侖一千元。

5. A: မင်းဘယ်နှစ်ခုနှစ်မွေးလဲ။ 　　　　你是幾年出生的？

   B: ၁၉၇၄ခုနှစ်မွေးတယ်။ 　　　　　　1974 年出生的。

6. A: �‌ဘယ်လောက်ကြာမလဲ။ 　　　　　　會多久呢？

   B: တစ်ပတ်လောက်ကြာမယ်။ 　　　　　大約一週。

7. A: တစ်ပတ်မှာ�‌ဘယ်နှစ်ရက်ရှိလဲ။ 　　一週有幾天呢？

   B: တစ်ပတ်မှာ-၇-ရက်ရှိပါတယ်။ 　　　一週有 7 天。

8. A: တစ်ရက်မှာဘယ်နှစ်နာရီရှိလဲ။ 　　一天有幾個小時？

   B: တစ်ရက်မှာ-၂၄-နာရီရှိပါတယ်။ 　　一天有 24 小時。

國家圖書館出版品預行編目資料

--------------------------------------------------------

我的第二堂緬甸語課 / 葉碧珠著
-- 初版 -- 臺北市：瑞蘭國際, 2020.01
176面 ; 19 × 26公分 --（外語學習；74）
ISBN：978-957-9138-61-1（平裝）
1. 緬甸語 2. 讀本

--------------------------------------------------------

803.728                                108022595

外語學習 74

# 我的第二堂緬甸語課

作者｜葉碧珠
責任編輯｜鄧元婷、王愿琦
校對｜葉碧珠、鄧元婷、王愿琦

緬甸語錄音｜葉碧珠、高福吉
錄音室｜采漾錄音製作有限公司
封面設計、版型設計、內文排版｜陳如琪
美術插畫｜ Syuan Ho
照片提供｜林瑞添

瑞蘭國際出版
董事長｜張暖彗 · 社長兼總編輯｜王愿琦
**編輯部**
副總編輯｜葉仲芸 · 副主編｜潘治婷 · 文字編輯｜林珊玉、鄧元婷
設計部主任｜余佳憓 · 美術編輯｜陳如琪
**業務部**
副理｜楊米琪 · 組長｜林湲洵 · 專員｜張毓庭

出版社｜瑞蘭國際有限公司 · 地址｜臺北市大安區安和路一段 104 號 7 樓之一
電話｜ (02)2700-4625 · 傳真｜ (02)2700-4622 · 訂購專線｜ (02)2700-4625
劃撥帳號｜ 19914152 瑞蘭國際有限公司
瑞蘭國際網路書城｜ www.genki-japan.com.tw

法律顧問｜海灣國際法律事務所　呂錦峯律師

總經銷｜聯合發行股份有限公司 · 電話｜ (02)2917-8022、2917-8042
傳真｜ (02)2915-6275、2915-7212 · 印刷｜科億印刷股份有限公司
出版日期｜ 2020 年 01 月初版 1 刷 · 定價｜ 380 元 · ISBN｜ 978-957-9138-61-1

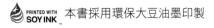